হিমালয়ের হাতছানি

সঞ্জয় কুণ্ডু

Ukiyoto Publishing

সমস্ত বিশ্বব্যাপী প্রকাশনা অধিকার দ্বারা সংরক্ষিত

Ukiyoto Publishing

২০২৩ সালে প্রকাশিত

কন্টেন্ট কপিরাইট © সঞ্জয় কুণ্ডু

ISBN 9789360169473

প্রথম সংস্করণ

সমস্ত অধিকার সংরক্ষিত।
প্রকাশকের পূর্বানুমতি ব্যতিরেকে এই প্রকাশনার কোনো অংশ পুনরুৎপাদন, প্রেরণ,
বা পুনরুদ্ধার ব্যবস্থায় সংরক্ষণ করা যাবে না। যে কোনো উপায়ে, ইলেকট্রনিক, যান্ত্রিক, ফটোকপি, রেকর্ডিং বা অন্য কোনোভাবে প্রতিলিপি করা যাবে না।
লেখকের নৈতিক অধিকার নিশ্চিত করা হয়েছে।
এই বইটি এই শর্ত সাপেক্ষে বিক্রি করা হচ্ছে যে এটি ব্যবসার মাধ্যমে বা অন্যভাবে, প্রকাশকের পূর্ব সম্মতি ব্যতিরেকে, ধার দেওয়া, পুনঃবিক্রয় করা, ভাড়া করা বা অন্যভাবে প্রচার করা হবে না, এটি যেটিতে রয়েছে তা ব্যতীত অন্য কোন প্রকার বাঁধাই বা কভারে প্রকাশিত করা যাবে না। এই শর্ত লঙ্ঘিত হলে উপযুক্ত আইনি ব্যবস্থা গ্রহণ করা হবে।

www.ukiyoto.com

উৎসর্গ

আমার সফরসঙ্গী শ্রাবণী ও পায়েলকে

লেখকের নিবেদন

সত্তরের দশকে, আমাদের ছাত্রাবস্থায়, সাধারণ মধ্যবিত্ত পরিবারে এখনকার মত প্রতি গ্রীষ্মে পাহাড়ে ছোটার রেওয়াজ ছিল না। আর দশজন বাঙালির মত আমারও প্রথম হিমালয় দেখা দার্জিলিং-এ, কলেজ থেকে দল বেঁধে। সহপাঠীদের মধ্যে ক্বচিৎ দু' একজন সৌভাগ্যবান, পরিবারের সাথে কেদার বদ্রী ঘুরে এসে তার গল্প শুনিয়েছে পরবর্তী মাসখানেক ধরে।

স্নাতকোত্তর পাঠ নিতে যাই পন্তনগরে, তদানীন্তন উত্তরপ্রদেশের নৈনিতাল জেলায় তরাই অঞ্চলে। আকাশে ধুলো ধোঁয়া কম থাকলে, বিশেষতঃ শরৎকালে, বিশ্ববিদ্যালয়ের রিসার্চ প্লট থেকে দেখা যেত কুমায়ুন হিমালয়। দেখে দেখে আশ মিটত না। সিনিয়র দাদারা চাকরি পেয়ে ছুটি নিয়ে ফিরে আসত, ক্যাম্পাসে দু' চারদিন কাটিয়ে নৈনিতাল আলমোড়া কৌশানি ঘুরে দেখার জন্য। তাদের লেজুড় হয়ে ঐসব জায়গা দেখা হয়েছিল আমার। এভাবেই ক্রমে ক্রমে হিমালয়ের টানে ফেঁসে গেলাম।

তখন বাসে বাসে যাওয়ারই রেওয়াজ ছিল। ১৯৮৭ সালে বিয়ের পর যখন হনিমুন ট্রিপে গেলাম অমরনাথ, অবশিষ্ট কাশ্মীর, ডালহৌসি, চাম্বা, মানালি, সিমলা – সব মিলিয়ে দীর্ঘ একমাসের যাত্রাপথ, বাসে বাসেই গিয়েছি। তার পাঁচ বছর পরে যখন শিশুকন্যাকে সাথে নিয়ে কেদার বদ্রী গিয়েছিলাম তখনো বাসে বাসেই পুরোটা ঘুরেছি। ক্রমে ভ্রমণের ধারা বদলেছে। বেশীরভাগ যাত্রীই এখন ছোট ছোট দলে পুরো যাত্রাপথের জন্য গাড়ী ভাড়া

করে নেন। দূরধিগম্যতা কমেছে, ভ্রমণের আনন্দ বেড়েছে কিনা সেটা তর্কসাপেক্ষ।

সংকলিত লেখাগুলির সবকটিই দ্বিতীয় পর্যায়ের, ভ্রমণ করেছি হয় নিজের অথবা ভাড়ার গাড়ীতে। পুরোদস্তুর ট্রেক আছে চারটি সর-পাস, কেদার, মদমহেশ্বর ও স্বর্গারোহিণী। আশা করি বর্তমান প্রজন্মের ভ্রমণার্থীরা লেখাগুলির সাথে একাত্ব বোধ করবেন।

সঞ্জয় কুণ্ডু

জুন, ২০২৩

সূচীপত্র

নেপালে পাঁচদিন	১
পায়ে পায়ে সর-পাস	১৪
দেবসেনাপতির মন্দিরে	৩৫
টিহরী গাড়োয়াল	৩৯
গঙ্গোত্রী	৪৫
দেবভূমি গাড়োয়াল	৫৩
দেওরিয়াতাল এবং পেট্রোল ফুরানোর গল্প	৫৯
মহাপ্রস্থানের পথে	৭২
আবার গঙ্গোত্রী	৭৭
একযাত্রায় গাড়োয়াল ও কুমায়ুনঃ গাড়োয়াল	৮৪
ধৌলাধার হিমাচল	১০০
মদমহেশ্বর যাত্রা	১০৪
কুমায়ুনের পিথোরাগড় মুন্সিয়ারি	১০৯
পেলিং-রাবাংলা ভ্রমণ	১১৭
রেশম পথের পথিক	১২২
লেখক প্রসঙ্গে	১৬০

সঞ্জয় কুণ্ডু

নেপালে পাঁচদিন

পয়লা জুন ২০০৯ সকাল ন'টায় মিথিলা এক্সপ্রেস থেকে নামলাম রক্সৌলে। প্রতিবেশী দেশ নেপালের প্রধান প্রবেশপথ এই রক্সৌল। ওপাশে নেপালের সীমান্ত শহর বীরগঞ্জ। গুরুত্বপূর্ণ এই সীমান্ত স্টেশনে যাত্রীসুবিধা কিন্তু তেমন নেই। দুটো চা-সামোসার দোকান, আর একটা রেলওয়ে ভোজনালয় আছে। দোতলায় একটি ওয়েটিং রুম – তাতে লোক গিজগিজ করছে। প্লাটফর্মে বসার জায়গা প্রচুর। গোনাগুনতি কয়েকটি পাখা আছে, তবে সেগুলো থেকে বসার জায়গায় হাওয়া পৌঁছায় না। উচ্চশ্রেণীর একটি তালাবন্ধ ওয়েটিং রুম আছে। তার জানালা দিয়ে দেখা যায় ভাঙাচোরা আসবাব, তাতে ধুলো জমে আছে। স্টেশনময় মাছির বেশ বাড়বাড়ন্ত।

দলে ছিলাম সাতজন, দুজন সত্তরোর্ধ। আমাদের সেদিনের গন্তব্য ছিল চিতওয়ান ন্যাশনাল পার্ক, বীরগঞ্জ থেকে পাঁচঘন্টার পথ। হোটেল বুক করা হয়েছিল কলকাতা থেকে। বীরগঞ্জ গিয়ে একটা জীপ বা ঐ জাতীয় গাড়ী ভাড়া করে নেব ঠিক করেছিলাম। বাকী পাঁচজনকে বসিয়ে রেখে আমি আর অশোকদা স্টেশনের বাইরে গেলাম বাহনের খোঁজ করতে। স্টেশন চত্বরের বাইরে কোন দোকানপাট নেই। কয়েকটা টাঙ্গা আর রিক্সা দাঁড়িয়েছিল। যাত্রী দেখতে পেয়ে তারা টানা-হ্যাঁচড়া শুরু করে দিল। রিক্সা দু'জন যাত্রীপিছু ষাট টাকা নেবে আর টাঙ্গা চারজন যাত্রী পিছু নেবে একশ কুড়ি টাকা। দরদাম করে

দু'টো টাঙ্গা নেওয়াই সাব্যস্ত হল, আশি টাকা করে নেবে, পৌঁছে দেবে বীরগঞ্জ বাসস্ট্যাণ্ড।

পৌনে দশটা নাগাদ রওনা হল টাঙ্গা। প্রথমেই আটকে যেতে হল রেলগেটে। পনেরো মিনিট ধরে মালগাড়ির শান্টিং দেখতে হল। জুন মাসের রোদ – সকাল দশটাতেই বেশ চড়া। লেভেল ক্রসিং পেরিয়ে রেলের সাইডিং এর পাশ দিয়ে রাস্তা। ভারী ভারী লরি যাওয়ার ফলে সে রাস্তায় গভীর গর্ত। আগের দিনে বৃষ্টি হওয়াতে সেই সব গর্ত জলে টই-টুম্বুর। একটা টাঙ্গা দিব্যি জলের উপর দিয়ে পেরিয়ে গেল, আমাদের টাঙ্গার ঘোড়া জল দেখে বেঁকে বসল। অগত্যা যাত্রীদের নামিয়ে ঘুরপথে জল এড়িয়ে টাঙ্গা নিয়ে যাওয়া হল।

রেল সাইডিং পেরিয়ে বীরগঞ্জগামী সড়কের দু'পাশে রক্সৌল বাজার। বাজার পেরিয়ে একটা খালের উপর প্রায় এক কিলোমিটার লম্বা পুল। ওপারে নেপালের প্রবেশ তোরণ দেখা যাচ্ছে। কিন্তু পুল জুড়ে ট্রাফিক জ্যাম। এদিকে রোদ চড়ছে, অস্বস্তি বাড়ছে -- একে রেল যাত্রার ধকল, তার উপর মধ্যাহ্ন সূর্যের তাপ। অবশেষে সাড়ে এগারোটায় টাঙ্গা ভিড়ল এক্কেবারে অনিল ট্রাভেলসের সামনে। কোন বাস চোখে পড়ল না। বললাম কোথায় বাসস্ট্যাণ্ড? টাঙ্গাওয়ালা শোনালো এটাই বীরগঞ্জ বাসস্ট্যাণ্ড, দু' কিলোমিটার দূরে টারমিনাস থেকে বাস এসে এখানেই যাত্রী তুলে নেয়। বুঝলাম শক্ত খপ্পরে পড়েছি। অগত্যা অনিল ট্রাভেলসের সাথেই দরদস্তুর করতে হয়। অনেক দর কষাকষির শেষে দৈনিক তিন হাজার টাকার কড়ারে পাঁচদিনের জন্য একটা টাটা সুমো রফা হয়। এখানে জানিয়ে রাখি তখন নেপালের ১৬০ টাকা ভারতীয় ১০০ টাকার সমান। আমাদের

কাছে ভারতীয় মুদ্রায় তিন হাজার টাকা নেবে। অনিলজী গাড়িওয়ালাকে ফোন করল – এবার প্রতীক্ষা কখন গাড়ি আসে। ইতিমধ্যে টাঙ্গাওয়ালারা জেনে নেয় আমরা কবে বীরগঞ্জ ফিরব, কোন হোটেলে থাকব। বলল, ‘কোই চিন্তা নেহি বাবুজী, হম উস হোটেলমে সুবহ পঁহুচ যায়েঙ্গে’।

প্রায় একঘন্টা বাদে টাটা সুমো চালিয়ে এল এক তাগড়া জোয়ান, নাম সুদর্শন মাহাতো। বীরগঞ্জ থেকে চিতওয়ান দীর্ঘ পাঁচঘন্টার পথ। হাইওয়ে ধরে গাড়ি ছুটল, ঘন্টায় সত্তর-আশি কিলোমিটার বেগে। দেখলাম সুদর্শন বেশ পাকা চালক, তবে বেশি জোরে গাড়ি চালানোর প্রবণতা আছে। দু’ঘন্টা পরে প্রায় তিনটে নাগাদ এক জায়গায় গোটাকয়েক হোটেল দেখে খাওয়ার জন্য গাড়ি থামানো হল। দু’তিনটি হোটেলে খাবার শেষ, একটিতে ডাল ভাত সব্জি ওমলেট পাওয়া গেল। খুব সাধারণ মানের খাবার, কিন্তু দাম প্রায় তিনগুণ। দেখা গেল নেপালে খাওয়া-দাওয়ার খরচ খুব বেশী। বিদেশী ট্যুরিস্টদের প্রাধান্যই এর কারণ। মাঝরাস্তায় একবার মাওবাদী অবরোধে পড়তে হল। নেপাল তখন রাজনৈতিকভাবে অস্থির, মাওবাদী নেতা প্রচণ্ড প্রধানমন্ত্রীত্ব ত্যাগ করেছেন। সবকিছুতেই ভারতের চক্রান্তের গন্ধ পাচ্ছেন। যাই হোক ড্রাইভার সুদর্শন হাসপাতালে যাচ্ছি বলে কোনমতে ছাড় পেয়ে গেল।

সন্ধ্যার মুখে পৌঁছালাম চিতওয়ানে গোর্খা হ্যামলেটে। গাছগাছালি পরিবৃত ছোট ছোট কটেজ মিলে জঙ্গল রিসর্টের কায়দায় সাজানো গোর্খা হ্যামলেট। কিন্তু ম্যানেজার আমাদের হতাশ করে বললেন, ‘আপনাদের বুকিং তো আগামীকাল, আজ তো কোন রুম খালি নেই।’

আমরা বুকিং-এর কাগজপত্র দেখালাম – পাশের এক হোটেলে ব্যবস্থা করে দিল। দীর্ঘ যাত্রার ধকলে তখন শরীর চাইছে ভরপুর স্নান। সন্ধ্যা নামার সাথে সাথে চিতওয়ান লোডশেডিং-এর কবলে চলে গেল। মোমের আলোয় একে একে স্নান সারা হল। রাতের অন্ধকারে চিতওয়ানের বিশেষ কিছু দেখা হল না। গোর্খা হ্যামলেটে খেতে গিয়ে দেখা গেল আদিবাসী নাচের শেষটুকু। খোঁজ নিয়ে জানা গেল জঙ্গল সাফারির দুটি উপায় – হাতি ও হুডখোলা জীপ। শহরের গাড়ি জঙ্গলে ঢুকতে দেয় না। হাতির পিঠে সওয়ার হতে গেলে জনপ্রতি ৬০০ টাকা আর জীপের ভাড়া ২৫০০ টাকা। দরদাম করে জীপকে ভারতীয় ১৫০০ টাকায় নামানো হল।

পরের দিন চা খেতে গিয়ে দেখলাম কাছেই কয়েকটা হাতি দাঁড়িয়ে, জঙ্গলে যাবে বলে তৈরি। যত হাতির বন্দোবস্ত তত ট্যুরিস্ট ছিল না তখন। চিতওয়ান ছোট জায়গা, মূলতঃ ট্যুরিস্টদের জন্য সাজানো। কয়েকটি দোকান ছিল, তাতে সাজানো হরেকরকম বিস্কুট, শুকনো খাবার আর ঠাণ্ডা পানীয়। বেশ কয়েকটি দোকানে মুদ্রা বিনিময়ের সাইনবোর্ড টাঙানো। আর ছিল দু'তিনটি রেস্তোরাঁ কাম বার, একটি ব্যাঙ্কের শাখা, দুয়েকটি চাল ডাল আনাজপাতির দোকান।

পাঁচ-সাত কিলোমিটার পর জঙ্গল শুরু। কয়েকটা সারস, বানর, হরিণ দেখা গেল। একটা লেক আছে, কয়েকটা নৌকা ছিল বোটিং এর জন্য। মোরাম রাস্তা ছেড়ে বুনো রাস্তায় ঢুকেও গণ্ডার দেখা গেল না, যেটা এই জাতীয় উদ্যানের মূল আকর্ষণ। ঘন্টাতিনেকের জঙ্গল সফর একসময় শেষ হল।

হোটেলে ফিরে এক একে স্নান সেরে বেরিয়ে পড়লাম পরবর্তী গন্তব্যে, বিকেলের মধ্যে পোখরা পৌঁছে সেখানের লেকে বোটিং করার ইচ্ছে নিয়ে। প্রায় একঘন্টা যাবার পর আটকে পড়তে হল মাওবাদী অবরোধে। দু'ঘন্টা আটকে থাকার পর ছাড়া পেলাম। মাঝপথে দুপুরের খাওয়া আর বৃষ্টির জন্য দুবার দাঁড়াতে হল। পোখরা হ্রদে যখন পৌঁছালাম দিনশেষের আলো ছিল তখনো।

পোখরার প্রধান আকর্ষণ এই লেক। আকাশ পরিষ্কার থাকলে এই হ্রদের জলে ছায়া পড়ে অন্নপূর্ণা এক দুই তিন ও মচ্ছপুছারে (মাছের লেজের সাথে সাদৃশ্য আছে বলে এই নাম) ইত্যাদি পর্বতশৃঙ্গের। লেকের মাঝখানে রয়েছে একটা মন্দির, নৌকা রয়েছে যাত্রীদের নিয়ে যাওয়ার জন্য। এছাড়াও ঘন্টাভর নৌকাবিহারের ব্যবস্থা আছে। আমাদের ভাগ্য ততটা প্রসন্ন ছিল না, আকাশে মেঘ ছিল। পর্বতশৃঙ্গের আভাস পাওয়া যাচ্ছিল কিন্তু পুরো রেঞ্জ দেখা যাচ্ছিল না। নৌকাযোগে মন্দির চত্বরে গেলাম। কিছুক্ষণ কাটিয়ে ফিরে এলাম – পরদিন সুযোগ পেলে ঘন্টাখানেক নৌকাবিহার করব এই ইচ্ছা মনের মধ্যে পুষে রেখে।

ঝিল-পাড়ের রাস্তা ঘিরে গড়ে উঠেছে এই শহর। অন্নপূর্ণা, এভারেস্ট, মুক্তিনাথ ইত্যাদি যাবতীয় ট্রেকরুটের শুরু হয় পোখরা থেকে। কাজেই সমস্ত বিদেশী ট্যুরিস্ট পোখরাতে দু'এক রাত্রি কাটিয়ে যান। বিদেশীদের আকর্ষণের জন্য ঝাঁ-চকচকে সাজানো সমস্ত দোকানপাট। শতাধিক হোটেল আছে পোখরাতে। প্রত্যেকটিরই ঠিকানা লেকসাইড রোড। মিনিট পনের ধরে নানা হোটেলে ঠোক্কর খেয়ে অবশেষে খুঁজে পাওয়া গেল আমাদের বুকিং করা হোটেল। এখানেও একই বয়ান

শুনতে হল, আমাদের বুকিং নাকি পরের দিনের জন্য। এটা বোধহয় নেপালের হোটেলগুলোর চালাকি – নির্দিষ্ট হোটেলে থাকতে না দিয়ে অপেক্ষাকৃত সস্তার হোটেলে স্থানান্তর করার কায়দা।

শেষমেষ যে হোটেলে ঢোকালো সেটাও নেহাত মন্দ নয়। হাতমুখ ধুয়ে বড় রাস্তার উপর একটা দোকানে চা বিস্কুট খেয়ে শহরটা টহল দিতে বেরোলাম। কয়েকটা বইয়ের দোকানে ঢুঁ মারলাম। বই ছাড়াও ছিল বিভিন্ন ধরণের ম্যাপ, ট্রেকিং গাইডবুক, পিকচার পোস্টকার্ড, পোস্টার ইত্যাদি। কয়েকটি দোকানে ট্রেকিং, র‍্যাফটিং সামগ্রীর সম্ভার। বেশ কিছু রেস্তোরাঁ, টেলিফোন-ইন্টারনেট কিয়স্ক, ব্যাঙ্কের শাখা ও এটিএম রয়েছে। তাছাড়া রয়েছে নানারকম পোষাক, ব্যাগ ও নানান কিউরিও দ্রব্যের দোকান। প্রত্যেকটি দোকানই দারুণ সাজানো-গোছানো। পোখরার উচ্চতা এক হাজার মিটারের কম। এই উচ্চতায় গরম একটু কম হলেও এই জুন মাসের শুরুতে বেশী হাঁটাচলা করতে গেলে ঘামতে হচ্ছিল রীতিমত।

তৃতীয় দিনটা সুদর্শনের হাতেই ছেড়ে দিলাম। পোখরার যাবতীয় দ্রষ্টব্য দেখিয়ে, মাঝপথে মনোকামনা রোপওয়ে চড়িয়ে সন্ধ্যা নাগাদ পৌঁছে দেবে কাঠমাণ্ডু। ও বলল ভোর চারটেয় তৈরী থাকতে, নিয়ে যাবে সাত কিলোমিটার দূরে সারাংকোট পাহাড়চূড়ায় সূর্যোদয় দেখার জন্য।

পরদিন ভোর পাঁচটায় পৌঁছে গেলাম সারাংকোট পাহাড়চূড়ায়। একটা বেদী বানানো আছে, দুয়েকজন ট্যুরিস্ট ইতিমধ্যেই পৌঁছে গেছে। ভোরের আলো ফুটি ফুটি করছে – ধীরে ধীরে ট্যুরিস্ট সমাগমও বাড়ছে। টিলার ধাপে ধাপে কয়েকটা দোকান, দুটোতে চা পাওয়া

যাচ্ছিল। একটাতে উলেন সামগ্রীর পশরা। ভোরের হাওয়ায় টিলার উপরে শীত শীত লাগছিল। আরো কিছুক্ষণ পর পুবের আকাশ লাল আভায় রঙিন হয়ে উঠল। সেদিন অন্য দিকে মেঘ থাকলেও পুবের দিগন্তরেখা পরিষ্কার ছিল। উত্তর দিগন্তে মেঘের ফাঁকে ফাঁকে উঁকি দিচ্ছিল অন্নপূর্ণা এক দুই তিন ও মচ্ছপুছারে। আলোর ছটা প্রথমে পড়ল পুবের মেঘের গায়ে, উত্তরের বরফঢাকা শৃঙ্গগুলি এরপর আলোকিত হল। তারপর নরম রোদ পড়ল পিছনের পাহাড়ে। একসময় আমাদের বেদীও উদ্ভাসিত হল আলোর ছটায়। প্রবীণদের অনেকে করজোড়ে সূর্যপ্রণাম করলেন।। ধীরে ধীরে সমস্ত উপত্যকায় ছড়িয়ে পড়ল আলোর ঝর্ণাধারা।

আরো কিছুক্ষণ সেখানে থেকে চলে গেলাম পরবর্তী দ্রষ্টব্যে, মহেন্দ্র গুহা। রাজা মহেন্দ্র কোনও এক সময় শত্রুপক্ষের তাড়া খেয়ে আত্মগোপন করেছিলেন এই গুহায়। ভেতরটা অন্ধকার, বাইরের দোকান থেকে আলোর ব্যবস্থা করে সুদর্শন আমাদের দেখিয়ে নিয়ে এল ভেতরটা। সাধারণ গুহা, এমন কিছু বিশেষত্ব নেই। এরপর গেলাম বিন্দুবাসিনী মন্দিরে। বেশ প্রশস্ত চত্বর, দেবী দুর্গাই এখানে বিন্দুবাসিনী। চত্বরে রয়েছে রাধাকৃষ্ণ মন্দির ও আরো কিছু দেবদেবী। এই মন্দির চত্বর থেকে অন্নপূর্ণা ও মচ্ছপুছারে শৃঙ্গগুলি বেশ সুন্দর দেখা যায়। যদিও আকাশে মেঘ থাকার জন্য পুরোটা একসাথে দেখা যায়নি, তবু যেটুকু দেখা গেল সেটাও চমৎকার। ঘন্টাখানেক কাটিয়ে দেখতে গেলাম ডেভি'স জলপ্রপাত। জনৈক ডেভি সাহেব নদী বেয়ে র‍্যাফটিং করতে করতে নাকি ওই প্রপাতে পড়ে তলিয়ে যান। দেখলাম নদীর জল অতল খাদে পড়ছে। সেখানে পড়লে জীবন্ত ফেরা অসম্ভব, ডেভিও ফেরেননি।

ওখানে বেশ কিছু খাবার দোকান আছে। আমরা নাস্তা সেরে হোটেলে ফিরে এলাম। স্নানটান সেরে ব্যাগপত্র প্যাক-আপ করে টাটা সুমোর মাথায় তুলে দিলাম। তখন প্রায় বারোটা বাজে। আরো একবার পোখরা লেকের পাশে গেলাম। চড়া রোদ, সময় কম, যেতে হবে কাঠমাণ্ডু, প্রায় ছ'ঘন্টার ড্রাইভ। মাঝপথে প্রায় তিনটে নাগাদ পৌঁছালাম মনোকামনা রোপওয়ে স্টেশনে। হোটেলে ভাত খেয়ে লাইন দিলাম রোপওয়েতে চড়ার জন্য। দু'টি পাহাড় পেরিয়ে তৃতীয় পাহাড়ে নিয়ে যাবে কেবল-কার, একসাথে ছ'জনে বসা যায়। এটাই নাকি এশিয়ার দীর্ঘতম রোপওয়ে। সময় অবশ্য বেশী লাগল না। পনেরো মিনিট পর যেখানে নামিয়ে দিল সেখান থেকে প্রায় পৌনে এক কিলোমিটার দূরে মন্দির। ছোটখাট একটা শহরই গড়ে উঠেছে মন্দির ঘিরে। অনেক হোটেল, অনেক দোকানপাট রয়েছে। অনেকে একটা দিন কাটিয়ে যান এই মন্দির-শহরে। রোপওয়ে ছাড়াও ঘুরপথ রয়েছে বাস আসার জন্য। মন্দির প্রাঙ্গণ অবশ্য বেশী বড় নয়, মন্দিরটির গড়ন অনেকটা প্যাগোডার মত। প্রচুর পায়রার বাস মন্দির চত্বরে।

মনোকামনা মন্দির যাতায়াতে একঘন্টার উপর কেটে গেছে। ততক্ষণে সুদর্শন নিশ্চিন্তে ঘুমিয়ে পড়েছে। উঠেছে তো ভোর চারটেয়, আরো তিন-চারঘন্টা গাড়ি চালিয়ে যেতে হবে, ঘুমটা জরুরি ছিল। ঘুম ভাঙিয়ে রওনা দিতে প্রায় পাঁচটা বেজে গেল। আবার একটানা পথ চলা, বাঁয়ে অনেক দূর অবধি সঙ্গী হল পার্বতী নদী। কাঠমাণ্ডুর উপকণ্ঠে পৌঁছাতে সন্ধ্যা পেরিয়ে গেল। শহরে ঢোকার আগে ট্রাফিক বাড়তে থাকল। গাঁটে গাঁটে থেমে থেমে অবশেষে রাত সাড়ে আটটার সময় লুম্বিনী রেস্তোরাঁর সামনে গাড়ি থামায় সুদর্শন। রেস্তোরাঁ প্রায় বন্ধ হবার মুখে, সুদর্শনের পূর্বপরিচিত বলে চটজলদি আটা মেখে

চাপাটি বানিয়ে দিল। রাতের খাবার খেয়ে এবার খোঁজা শুরু হল 'টিবেট গেস্ট হাউস', যেখানে আমাদের বুকিং। টিবেট গেস্ট হাউস অবশ্য অন্যদিনের বুকিং বলে ফেরাল না। তবে ওদের দুটো হোটেল, একটা বেশী ভাড়ার, অন্যটা কম ভাড়ার – সেখানেই আমাদের ঢুকিয়ে দিল। ভালই ব্যবস্থা, তবে বাথরুমের অর্ধেকটা জুড়ে বাথটব। কাঠমাণ্ডুর উচ্চতা প্রায় তেরশ' মিটার, ঠাণ্ডা এখানে নেই। তবে সকাল সন্ধ্যায় স্নান করতে গেলে গরম জল লাগে, বাথরুমে সে ব্যবস্থাও ছিল। আমরা ওখানে দু' রাতের অতিথি ছিলাম।

চতুর্থ দিনে কাঠমাণ্ডু সফরেও আমাদের গাইড হল সুদর্শন। বিশেষতঃ ও যখন বলল, 'আমি ঘুরিয়ে দেখানোর পর যদি কিছু বাকী থাকে বলবেন, সম্ভব হলে দেখিয়ে দেব।' শুরু হল পশুপতিনাথ দর্শন দিয়ে। বিশাল মন্দির কমপ্লেক্স, মূল মন্দিরটির সামনে বিশাল দু'টি পিতলের ষাঁড়, জ্যান্ত ষাঁড়ও ছিল দু'টি। ভক্তদের প্রণামীর নৈবেদ্য খেয়ে খেয়ে ষাঁড়দুটির এমন অবস্থা যে সারাদিন শুয়ে বসেই কাটায়, চলার শক্তিও হারিয়ে ফেলেছে বোধহয়। মন্দিরে ভীড় যদিও বিশেষ ছিল না, হুড়োহুড়ি ছিল। ঘন্টাখানেকের মধ্যেই দর্শনপর্ব শেষ করে আশপাশের দু'একটা মন্দির দেখে শহরের অপর প্রান্তে গেলাম বুড়ানীলকণ্ঠ দর্শনে। সেখানে অনন্তশয্যায় শায়িত বিষ্ণু। সেখান থেকে গেলাম স্বয়ম্ভুনাথ। নামে নাথ থাকলেও সেটা আসলে এক বৌদ্ধমঠ, প্রায় দু'শো সিঁড়ি ভেঙে উঠতে হয়। উপর থেকে শহরের একপ্রান্তের ভিউ পাওয়া যায়।

কাঠমাণ্ডু পুরানো শহর, প্রয়োজনে বেড়ে উঠেছে। সে বেড়ে ওঠা কোনও পরিকল্পনামাফিক হয়নি। তাই নতুন ও পুরাতনের সহাবস্থান

এখানে। একদিকে দেখলাম পুরসভার ট্যাঙ্কার থেকে জল নেওয়ার দীর্ঘ লাইন। অন্যদিকে বিদেশীদের জন্য হোটেলে বাথটবের ব্যবস্থা, হিমালয় দর্শনের জন্য হেলিকপ্টার সার্ভিস। অধিকাংশ পণ্যসামগ্রী এবং পেট্রোলিয়ামজাত দ্রব্য আসে সমতল ভারত থেকে। পর্যটন এখানকার মূল শিল্প।

স্বয়ম্ভুনাথ দেখার পর আমরা লুম্বিনী রেস্তোরাঁয় দুপুরের খাবার খেয়ে চললাম নাগরকোটে সূর্যাস্ত দেখব বলে। অনেকে নাগরকোটে একরাত্রি থেকে যায়। পথে বৃষ্টি পেলাম। নাগরকোট কাঠমাণ্ডু থেকে প্রায় পাঁচশো মিটার উঁচুতে। যখন পৌঁছালাম তখনো টিপটিপ বৃষ্টি চলছে, সঙ্গী ঝোড়ো হাওয়া। হাওয়ার প্রকোপ এড়াতে একটা হোটেলে ঢুকলাম চা খেতে। আধঘন্টার মধ্যেও আবহাওয়ার কোন পরিবর্তন না দেখে বুঝলাম সূর্যাস্ত দেখা আমাদের কপালে নেই। ভিউপয়েন্ট থেকে ফিরে এসে চললাম পরবর্তী গন্তব্য ভক্তপুরের দিকে।

ভক্তপুর নেপালরাজের প্রাচীন রাজদরবার। এখানকার প্রাচীনতা যত্ন করে বজায় রাখা হয়েছে। লাল ইঁটের বাড়ি, ইঁটের রাস্তা, মন্দির, ইমারত সর্বত্র সেই প্রাচীনতাকে ধরে রাখা হয়েছে রাস্তায় পিচ না দিয়ে, দেওয়ালে প্লাস্টার না করে। এখানে এলে মনে হয় ঘড়ির কাঁটা বুঝি এক শতাব্দী পিছিয়ে গেছে। এর অলিতে-গলিতে নাকি দেবানন্দের 'হরে রাম হরে কৃষ্ণ' ছবির শ্যুটিং হয়েছে। দেখা গেছে হিপিদের সঙ্গ থেকে বোনকে উদ্ধার করার জন্য দেবানন্দকে জীনাতের পিছু পিছু ছুটতে। এখান থেকে ফিরতে মন চাইছিল না, আরো ঘন্টাখানেক থাকতে পারলে ভাল হত। কিন্তু সন্ধ্যা হয়ে গেছল, তার উপর যখন-তখন বৃষ্টি নামতে পারে ভেবে বেশীক্ষণ থাকা গেল

না। সুদর্শন বলল কাঠমাণ্ডুতে এরকম আরো একটা জায়গা আছে, পাটান। ঠিক হল পরদিন সময় পেলে পাটান ঘুরে নেব।

এ কয়দিনে সুদর্শনের সাথে বেশ হৃদ্যতা গড়ে উঠেছিল। একফাঁকে ওর কাছে জেনেছি অনিল ট্রাভেলস ওকে দেবে দিনপ্রতি ২৫০০ নেপালি টাকা ও তেলের খরচ। অনিলজী যদি আমাদের কাছে নেপালি মুদ্রায় তিন হাজার টাকা নিতেন তাহলে ঠিক হত, নেপালের মধ্যে সমস্ত লেনদেন নেপালি মুদ্রায় হওয়া উচিত। অর্থাৎ কমপক্ষে শতকরা ষাট টাকা লাভ রইল অনিলজীর। যে টাঙ্গাওয়ালারা আমাদের অনিলজীর কাছে ভিড়িয়েছে তারা অনিলজীর দোসর। যাত্রীদের করার কিছু থাকে না, সব টাঙ্গাওয়ালাই কোন না কোন ট্রাভেল এজেন্সির দোসর। ফেরার সময় ঐ টাঙ্গাওয়ালারাই হোটেলে হাজির থাকবে রক্সৌল নিয়ে যাবার জন্য। আবার ঐ পুল দিয়ে যেতে হবে। পুলের উপর ঘোড়াকে তাড়া দেওয়ার অছিলায় বিশেষ সংকেত করবে। ছুটে আসবে নেপালি পুলিশ, ব্যাগপত্র ঘেঁটে তল্লাশি করবে। নেপালে কেনা কোন না কোন জিনিস পাবে। দেড়শো থেকে চারশো টাকা – যার কছে যেমন পারে আদায় করবে। এটার ভাগ পাবে টাঙ্গাওয়ালা।

পঞ্চম দিনে ফেরার পালা। সুদর্শন বলল কাঠমাণ্ডু থেকে বীরগঞ্জ ফেরার তিনটি রাস্তা আছে। একটি হল মনোকামনা রোপওয়ের পাশ দিয়ে অর্ধবৃত্তাকার পথ, প্রায় আটঘন্টা লাগে। দ্বিতীয়টি হল ওই মনোকামনার পথে কিছুটা গিয়ে বাঁদিকে বেঁকে দামান হয়ে। সেটাতে প্রায় একশো কিলোমিটার কম হয়, তবে রাস্তা ততটা মসৃণ নয়, সময় প্রায় একই লাগে। তৃতীয়টি সবচেয়ে সংক্ষিপ্ত পথ, তবে ধ্বসপ্রবণ। সবদিন খোলা থাকে না, খোলা থাকলে ছ’ ঘন্টায় পৌঁছে যাওয়া যাবে।

স্নানটান করে প্যাক-আপ করে বেরোতে প্রায় ন'টা বেজে গেল। বড় রাস্তায় গিয়েই শোনা গেল রাস্তা অবরোধ – নেপাল রাজনীতিতে ভারতের অবাঞ্ছিত হস্তক্ষেপের প্রতিবাদে। বড় রাস্তা ছেড়ে গলির রাস্তা ধরেও পরিত্রাণ পাওয়া গেল না। সুদর্শন গাড়ি থেকে নেমে খোঁজখবর নিয়ে এসে বলল একঘন্টার অবরোধ, আপনারা ভারতীয় আমিও ভারতীয় বংশোদ্ভূত, এগোন ঠিক হবে না। অগত্যা গাড়ি এক কোণায় পার্ক করে রাখা হল। সৌভাগ্যবশতঃ কাছেই একটা রেস্তোরাঁ পাওয়া গেল – সেখানে মোমো, পরোটা খেয়ে উদরপূর্তি করা হল।

অবরোধ উঠে গেলে আমরা রওনা হলাম। তবে পাটান ভ্রমণের ইচ্ছা ত্যাগ করতে হল। চায়না বাজারে একবার ঢুঁ মারলাম। কয়েকটা ছাতা কেনা হল, একটা জাপানি ট্রানজিস্টার রেডিও পেয়ে গেলাম দেড়শ টাকায়। শহর ছেড়ে বেরোতে আরো একঘন্টা পেরিয়ে গেল। তার উপর উল্টোদিকের গাড়িওয়ালাদের কাছে খোঁজ নিয়ে জানা গেল সংক্ষিপ্ততম পথ খোলা নেই, অর্থাৎ রাত্রি আটটার আগে বীরগঞ্জ পৌঁছানোর কোন উপায় নেই। আমরা দ্বিতীয় পথটি ধরলাম। এ পথে বেশ কয়েকবার পাকদণ্ডী বেয়ে উঠতে হয় আবার নামতে হয়। একসময় মেঘের রাজ্য দিয়ে পথ গেছে, সেও এক মনোরম অভিজ্ঞতা। দ্বিতীয় উচ্চতম জায়গা দামান। এক শস্য-শ্যামল উপত্যকা পেরিয়ে দামান পৌঁছালাম প্রায় চারটেয়। অনেক ট্যুরিস্ট দামানেও দু'এক রাত্রি কাটিয়ে যায় – সুন্দর সুন্দর লজ আছে দেখলাম। দামানে একটিমাত্র দোকানে কিছু ছোলাসেদ্ধ পাওয়া গেল, তাই দিয়ে ক্ষুন্নিবৃত্তি করে চা খেয়ে আবার গাড়ি ছুটল।

অনেক পথ পেরিয়ে রাত্রি সাড়ে আটটার সময় পৌঁছালাম বীরগঞ্জ হোটেল মাকালুতে। বুকিং স্লিপ দেখাতে ঘর দেখিয়ে দিল। এয়ারটাইট রুম কিন্তু এয়ারকন্ডিশনার চলবে না। অনেক তর্কবিতর্ক করে অন্য রুমের ব্যবস্থা হল। সে রুমেও অর্ধেক জানালা বন্ধ করা ছিল পলিথিন বোর্ড মেরে। পাখা ও একজস্ট চালিয়ে কিছুটা ঠাণ্ডা হল ঘর। সারাদিনের ধকলে খাওয়া-দাওয়ার পর ঘুম আসতে দেরি হল না।

সুদর্শনকে বলে রেখেছিলাম ওর গাড়িতেই আমরা রক্সৌল স্টেশনে যাব। সকাল সাতটা বাজতে না বাজতেই দেখি টাঙ্গাওয়ালারা হাজির। আধঘন্টার মধ্যে সুদর্শনও এসে পড়ল। দীর্ঘ বচসা চলল। শেষে টাঙ্গাওয়ালাদের সাথে না যাওয়ার খেসারত হিসাবে পুরো টাঙ্গাভাড়া দেড়শো করে তিনশো টাকা ভারতীয় মুদ্রায় গুণে দিয়ে সুদর্শনের গাড়িতেই রক্সৌল ফিরলাম। তল্লাশির হয়রানিটা তো এড়ানো গেল।

পায়ে পায়ে সর-পাস

বছর পঁচিশ আগে, বিয়ের কয়েকমাস পরেই, সস্ত্রীক গিয়েছিলাম অমরনাথ দর্শনে। বিদেশী ছবির নায়িকার মত ছিপছিপে নববধূকে সাথী করে, লীডার নদীর কলধ্বনি শুনতে শুনতে গুটি গুটি পায়ে পহেলগাঁও থেকে চন্দনবাড়ী, দ্বিতীয় দিনে পিসু টপের প্রাণান্তকর চড়াই, তৃতীয় দিনে মহাগুণাস পাস অতিক্রম করে পঞ্চতরণী, চতুর্থ দিনে অমরনাথ দর্শন সেরে ফিরে আসতে আসতে সেই যে পীরপঞ্জাল পর্বতমালার প্রেমে পড়ে গেলাম তখনই মনে মনে শপথ নিয়েছিলাম আবার আসব ফিরে হিমালয়ের কোলে। সুযোগ পেলেই ছুটে গিয়েছি হিমাচল, উত্তরাখণ্ড, সিকিম, নেপাল ও ভুটানের পাহাড়ে।

২০১৩ সালে কলকাতা বইমেলায় ইয়ুথ হোস্টেল অ্যাসোসিয়েশন অফ ইন্ডিয়ার স্টলে ঢুঁ মেরেছিলাম। সেখানে সন্ধান পেলাম হিমাচলের মণিকরণের কাছে কাসোল থেকে প্রতি বছর সর-পাস ট্রেকিং এর আয়োজন করে এরা। বেস ক্যাম্প থেকে চারদিন ধরে ওঠা, ১৩৫০০ ফুট উচ্চতায় সর-পাস অতিক্রম করে দু'দিন ধরে নামা। নামমাত্র খরচ, নয় দিনের জন্য মাত্র সাড়ে তিন হাজার টাকা। পুরো মে মাস জুড়ে দলের পর দল যাবে। আমার ভাইপো অংশু সে বছর মার্চে হায়ার সেকেণ্ডারি পরীক্ষা দেবে। ওকে সঙ্গে নিয়ে যাব ঠিক করলাম।

দু' প্যাকেট বিস্কুট আর দুটো কেক সম্বল করে ২৯শে মে ২০১৩ সাতসকালে চণ্ডীগড় থেকে মানালীগামী বাসে চড়ে বসলাম অংশুকে

সঙ্গী করে। ভুন্টারে নেমে পড়ব, সেখান থেকে মণিকরণের বাস পাওয়া যাবে। হাওড়া থেকে বত্রিশ-তেত্রিশ ঘন্টা ট্রেনযাত্রার পর এই ২৭৫ কিলোমিটার বাসযাত্রা যথেষ্ট ক্লান্তিকর। ভেবেছিলাম ভুন্টারে গিয়ে কিছু খেয়ে নেব। রুকস্যাক কাঁধে তুলতে না তুলতেই মণিকরণের বাস এসে গেল। অগত্যা খাওয়া শিকেয় তুলে বাসে উঠে পড়লাম। কন্ডাক্টারকে যেই বলেছি কাসোল যাব, আমাদের রুকস্যাক দেখে অমনি বলল ক্যাম্পে যাবেন তো, ঘন্টা দুয়েক লাগবে। ক্যাম্পসাইটে আমরা দুজন ছাড়া আরেকটি ছেলে নামল। সেই বলল, 'হ্যালো, কাম অ্যালং দিস ওয়ে'। চোখে পড়ল পাহাড়ের ঢালে একচিলতে সমতল জমিতে গোটা কুড়ি তাঁবু টাঙানো রয়েছে।

ক্যাম্পের প্রবেশপথেই রিসেপশন কাউন্টার। একপাশে থিকথিকে ভীড়, মোবাইল ও ক্যামেরার ব্যাটারি চার্জ দেওয়ার ব্যবস্থা আছে সেখানে। কাউন্টারে রিপোর্ট করতেই পরিচয়পত্র দিয়ে দিল। আমরা ২৯ তারিখে রিপোর্ট করছি বলে আমাদের ব্যাচের নাম SP-29, দশ নম্বর তাঁবুতে স্থান হল। তাঁবুতে ব্যাগ নামিয়ে রেখে প্রত্যেকের জন্য বরাদ্দ একটি কম্বল, একটি স্লিপিং ব্যাগ ও একটি রুকস্যাক সংগ্রহ করলাম। জুতো মোজা খুলে একটু জিরিয়ে নিতে নিতে তাঁবুর অন্য তিন সদস্যের সাথে আলাপ হল। ভবেশ আমাদের সাথেই বাস থেকে নেমেছে, এসেছে মুম্বই থেকে, কিরণও এসেছে মুম্বই থেকে, মেহুল এসেছে গুজরাট থেকে। চায়ের হুইসেল বাজল। আমরা মগ বের করে সারিবদ্ধভাবে চা বিস্কুট নিলাম। চা পর্বের পর ফিল্ড ডিরেক্টর আমাদের SP-29 সদস্যদের নিয়ে বসলেন। সংক্ষেপে জানিয়ে দিলেন এখানের ব্যবস্থাপনা। একদিকে চারটে তাঁবু মেয়েদের, অন্য দিকে ছ'টি তাঁবু ছেলেদের। বাথরুমের মাঝামাঝি পার্টিশন, একদিক

মেয়েদের ব্যবহারের জন্য, অন্যদিকটা ছেলেদের। বাথরুমের জল পাশের পার্বতী নদী থেকে পাম্প করে তোলা হচ্ছে। বরফগলা জল। আপাততঃ দুদিন এখানেই বেস ক্যাম্পে কাটাতে হবে, পরিবেশের সাথে মানিয়ে নেওয়ার জন্য। স্নানের চেষ্টা তৃতীয় দিনে করা যেতে পারে, তবে প্রথমেই মাথায় জল ঢালা চলবে না, ধীরে ধীরে পা থেকে শুরু করতে হবে। ট্রেক চলাকালীন স্নান বা দাড়ি কাটার প্রয়োজন নেই। খাবার জল আসছে দূর থেকে, জমা হচ্ছে PVC ট্যাঙ্কে। রাত আটটায় ডিনার, সাড়ে আটটায় ক্যাম্প-ফায়ারের অনুষ্ঠান, চলবে ঘন্টাখানেক। রাত দশটায় তাঁবুর ভেতরের আলো নিভিয়ে দেওয়া হবে।

রাত্রি আটটা থেকে সাড়ে আটটার মধ্যে রাতের খাওয়া সেরে নিতে হল। তারপর ক্যাম্প-ফায়ারের অনুষ্ঠান, কাঠের আগুনের বিকল্পে বৈদ্যুতিক আলো জ্বালিয়ে শুরু হল। গতকাল যারা এসেছে SP-28, তাদেরই পরিবেশনা। যে যতটুকু পারে গান, আবৃত্তি, নাচ, বাঁশি বাজানো, ছোট নাটিকা, মজাদার গেম ইত্যাদি মিলিয়ে ঘন্টাখানেকের প্রোগ্রাম। SP-28 দলে ভারী, প্রায় ৬০ জন ছেলেমেয়ে। একঘন্টার অনুষ্ঠান জমে উঠল বিভিন্ন প্রাদেশিক বৈচিত্রে। অনুষ্ঠান শেষে হেলথ ড্রিঙ্ক, বোর্ণভিটা, পান করে তাঁবুতে ফিরে শুয়ে পড়লাম। রাত দশটায় আলো নিভিয়ে দেওয়া হল।

পরদিন ৩০-শে মে সাড়ে পাঁচটায় উঠে পড়তে হল। ছ'টার সময় জগিং করতে করতে এক কিলোমিটার দূরে কাসোল বাজার পেরিয়ে, পার্বতী নদীর গা ঘেঁষে একফালি সমতল মাঠে হাজির হলাম। মনোরম সকাল, সূর্য উঠেছে কিন্তু পাহাড়ের আড়ালে রয়েছে। পার্বতী নদীর

বয়ে চলার আওয়াজ পাওয়া যাচ্ছিল। একটু শীত শীত ভাব, অনেকে হাফ সোয়েটার পরে এসেছিল। এই মাঠে SP-28 ও SP-29 সদস্যদের ব্যায়াম অনুশীলন করানো হবে ফিল্ড ডিরেক্টরের তত্বাবধানে। সঙ্গে ছিল আরো দু'জন সহকারী। সামনে পিছনে শরীর বাঁকানো (স্ট্রেচিং), কাঁধের ব্যায়াম, ঘাড়ের ব্যায়াম, পায়ের ব্যায়াম, চেয়ারে বসার মত ভঙ্গিতে (কাল্পনিক চেয়ার) দাঁড়ানো ইত্যাদি নানান শারীরিক কসরৎ শেষ হল সমবেত হাসির রোল তুলে।

বেস ক্যাম্পে ফিরে জলযোগ সেরে SP-29 এর সবাই বের হলাম হাঁটতে। এবার গ্রুপ লীডার মিঠুন। কাসোল বাজার বাঁয়ে ফেলে, উপনদীর ডান পাড় বরাবর হাঁটা শুরু করলাম। এই পথ দিয়েই 'গ্রহণ' গ্রামে যেতে হয়। প্রায় দু' কিলোমিটার গিয়ে পাথরের টালি দিয়ে ছাওয়া কয়েকটা বাড়ী পাওয়া গেল। সেখানে একটা প্রশস্ত চাতালে গোল হয়ে বসে একটু জিরিয়ে নেওয়া হল। তারপর আবার চড়াই ভাঙা শুরু হল। এক দেড় কিলোমিটার গিয়ে আবার একটু জিরিয়ে নেওয়া। তারপর নীচে নামতে শুরু করলাম। রোদ্দুরের মধ্যে হাঁটতে ঘামতে হচ্ছিল। একটা পাথরে ছাওয়া পোড়ো বাড়ী দেখা গেল, চারপাশে অনেকটা সমতল। সেখানেই পাইনের ছায়ায় গোল হয়ে বসে মিঠুনের তত্বাবধানে সবাই একে একে নিজের পরিচয়, কার কি হবি (hobby) জানাতে থাকল। আমাদের কুড়ি-বাইশজনের মধ্যে মুম্বই থেকে এসেছে প্রায় অর্ধেক। বাকীরা এসেছে পাঞ্জাব, হরিয়ানা, কর্ণাটক ও গুজরাট থেকে। বাঙালি তিনজন আমি, অংশু ও একটি মেয়ে। মেয়েটির বাড়ী চন্দননগরে, কাজ করে পশ্চিমবঙ্গ ভূমি ও রাজস্ব দপ্তরে। জানতে পারলাম মুম্বইয়ের অধিকাংশ ছেলেই সহ্যাদ্রি পর্বতে ছোটখাট ট্রেক করেছে, হিমালয়ান ট্রেক এই প্রথম।

একজন মুম্বই ম্যারাথনে দৌড়েছে। দলের মধ্যে সবচেয়ে ছোট সোহম, দশ ক্লাসের পরীক্ষা দিয়ে এসেছে। সবচেয়ে বয়স্ক আমি, পঞ্চান্ন পেরিয়েছি। স্বভাবতঃই আমি সার্বজনীন আঙ্কেল। মিঠুনের পরিচয় পেলাম – উড়িষ্যার ছেলে, কলকাতায় সেটলড, ওর প্যাশন সাইক্লিং। মিঠুনই বলল একলা মেয়ে বলে চন্দননগরের মেয়েটিকে পরের ব্যাচের সঙ্গে পাঠানো হবে।

পরিচয়পর্ব শেষ হতে আরো আধঘন্টা হেঁটে আমরা পৌঁছে গেলাম একটা ঝরণার কাছে। এটাই উপনদী হয়ে কাসোলে পার্বতীতে মিশেছে। স্বচ্ছতোয়া নির্ঝরিণী উপলখণ্ডে ঠোক্কর খেতে খেতে এঁকেবেঁকে চলেছে। পাইনগাছের শীতল ছায়ায় কয়েকটি বড় পাথরের উপর ছড়িয়ে ছিটিয়ে বসলাম। বরফগলা জল, কয়েকজন জলে পা ডুবিয়ে বসল কিছুক্ষণ। সবাই হাতেমুখে শীতল জল ছিটিয়ে নিলাম। ছোটরা পাথর ছুঁড়ে বড়দের ভিজিয়ে দেওয়ার খেলায় মাতল। অংশু বারেবারেই বলছিল, 'কি সুন্দর জায়গা। আমাদের গ্রামের আশেপাশে যদি এমন জায়গা থাকত তাহলে বছরভর চড়ুইভাতি লেগেই থাকত।' আমার মনে পড়ছিল ওমর খৈয়ামের সেই রুবাই –

"সেই নিরালা পাতায়-ঘেরা বনের ধারে শীতল ছায়
খাদ্য কিছু, পেয়ালা হাতে ছন্দ গেঁথে দিনটা যায়
মৌন ভাঙ্গি তার পাশেতে গুঞ্জে তব মঞ্জু সুর –
সেই তো সখি স্বপ্ন আমার, সেই বনানী স্বর্গপুর।"

হয়ত এরকম কোনও পরিবেশে বসেই লেখা এসব রুবাই।

দুপুর একটা থেকে আড়াইটা পর্যন্ত খাওয়া ও বিশ্রাম। তারপর বড় তাঁবুতে সতরঞ্চি পেতে শুরু হল ফিল্ড ডিরেক্টরের ক্লাস। ইউথ

হোস্টেলের সুত্রপাত, বিভিন্ন দেশে বিস্তার, আমাদের দেশে কবে থেকে শুরু ইত্যাদি জানলাম। বর্তমানে ভারতে কতগুলি ট্রেক চালু আছে তাও বললেন। জানা গেল হিমাচলেই পাঁচটি ট্রেক হয় প্রতি বছর, গ্রীষ্মে তিনটি, শীতে দু'টি। সর পাস অন্যতম জনপ্রিয় ট্রেক, প্রতি বছর প্রায় দেড় হাজার জন অংশগ্রহণ করে। এর প্রচলিত রুট কাসোল থেকেই শুরু। ওঠার পথে চারটি ও নামার পথে দু'টি ক্যাম্প। ক্যাম্পের নির্ধারিত স্থানগুলি হলঃ গ্রহণ (৯ কিমি, ৭৭০০ ফুট উচ্চতা), কাদরি (৯ কিমি, ৯৩০০ ফুট), রাতাপানি (৯ কিমি, ১১২০০ ফুট), নাগারু (৮ কিমি, ১২৫০০ ফুট) তারপর সর-পাস অতিক্রম করে বিসকেরি (১৪ কিমি, ১১০০০ ফুট), বান্দক (১২ কিমি, ৮০০০ ফুট) হয়ে বরসানিতে (১০ কিমি, ৬৬০০ ফুট) বাস ধরে কাসোল (২১ কিমি, ৬৫০০ফুট) ফেরা। এ বছর এই রুটে অত্যধিক বরফ থাকার জন্য উপরে ওঠার পথ বদলাতে হয়েছে। প্রথম দিন বারো কিমি বাসে গিয়ে চার কিমি হেঁটে কাঞ্চনী (৭৮০০ ফুট), দ্বিতীয় দিনে খোরদো (৯১০০ ফুট), তৃতীয় দিনে জিরমি (১০৫০০ ফুট) চতুর্থ দিনে তিলালোটনী (১২৫০০ ফুট)। ফেরাটা সেই চিরাচরিত পথ ধরে বিসকেরি, বান্দক হয়ে। প্রতিদিন সকাল ন'টায় হাঁটা শুরু, মোটামুটি ছ' ঘন্টা হাঁটার পর পরবর্তী আপার ক্যাম্প পড়বে। শুধু সর-পাস অতিক্রম করার দিনে ভোররাতে যাত্রা শুরু করতে হবে যাতে সকালের নরম আলোয় বরফ ঢাকা পাশ অতিক্রম করা যায়। বেলা বাড়লে বরফ গলে পথ পিছল হয়ে পড়বে।

প্রথম দুটো ক্যাম্প বাদে তৃতীয় ক্যাম্প থেকে একজন করে ক্যাম্প লীডার থাকবে। তারা ওয়েলকাম ড্রিংকস দিয়ে স্বাগত জানাবে। ওয়েলকাম ড্রিংকস হল সরবত, শরীরে জলের প্রয়োজন মেটাবে।

তারপর থাকবে নাস্তা, চা , রাতে ডিনারের ব্যবস্থা। সবই নিরামিষ, তবে সুষম খাবার দেওয়া হবে যাতে পেট খারাপের সম্ভাবনা কম। পথিমধ্যে কিছু খাবার পাওয়া যাবে না। স্থানীয় বাসিন্দারা তাঁবু খাটিয়ে চা, ম্যাগি, ওমলেট ইত্যাদি বিক্রী করে, তবে সেগুলো স্বাস্থ্যসম্মত নাও হতে পারে। প্রত্যেককে একটি করে টিফিন বক্স এবং চা খাওয়ার জন্য মগ রাখতে হবে।

ফিল্ড ডিরেক্টর আরো বললেন প্রত্যেকে প্রচুর খাবেন, খালিপেটে ট্রেক করলে অসুস্থ হয়ে পড়বেন। জল খাবেন প্রতি ঘন্টায় অল্প অল্প করে। জল সংগ্রহ করতে হবে প্রাকৃতিক ঝরণা থেকে, সাথে ক্লোরিন ট্যাবলেট বা জিওলিন মিশিয়ে নেবেন। কেউ অসুস্থ হয়ে পড়লে তাকে সরাসরি বেস ক্যাম্পে নামিয়ে আনা হবে। আপার ক্যাম্পে চিকিৎসার কোন ব্যবস্থা নেই, ক্যাম্প লীডারদের কাছে প্যারাসিটামল জাতীয় কিছু মামুলি ওষুধ পাওয়া যেতে পারে। SP-12 এর একটি মেয়ে তিন নম্বর আপার ক্যাম্প থেকে চার নম্বর ক্যাম্পে যাওয়ার পথে অসুস্থ হয়ে পড়ে। তাকে ডুলিতে করে বেস ক্যাম্পে নামিয়ে আনতে হয় টিপটিপ বৃষ্টির মাঝে। যে পথে একজনকে কষ্ট করে নামতে হয়, সে পথে চারজন মিলে ডুলিতে করে নামানো যে কী কষ্টকর তা আপনারা অনুমান করতে পারছেন নিশ্চয়। জানা গেল সেই মেয়েটি শুধুমাত্র দু'টি বিস্কুট খেয়ে ট্রেক করেছিল তিন-চার ঘন্টা।

ক্লাস যখন শেষ হল বেস ক্যাম্প তখন বেশ সরগরম; SP-28, SP-29 এবং সদ্য আগত SP-30 এর সদস্যদের কলতানে। সেই সুন্দর স্বর্ণালী সন্ধ্যায়, পার্বতী নদীর কলতানে মুখর উপত্যকায় যৌবনের মহোৎসবে সামিল হতে পেরে নিজেদের ধন্য মনে হল। ভাইপো অংশু

দারুণ উচ্ছসিত, সে তার কাছাকাছি বয়সের সঙ্গীসাথীদের নিয়ে মশগুল।

ডিনারপর্ব চুকিয়ে খোলা প্রাঙ্গণে সতরঞ্চি পেতে ক্যাম্প-ফায়ার অনুষ্ঠান শুরু হতে রাত সাড়ে আটটা বেজে গেল। আমাদের তাঁবুতে ভবেশ (মুম্বইকার) ইংরাজীতে বেশ সড়গড়। তার সঞ্চালনায় একঘন্টার অনুষ্ঠান বেশ ভালভাবেই উতরে গেল। ফিল্ড ডিরেক্টর পর্যন্ত স্বীকার করলেন এত কম সদস্য নিয়ে এত ভালো অনুষ্ঠান তিনিও আশা করেননি। অনুষ্ঠান শেষে SP-21 সদস্যদের, যারা সেদিন সর-পাস অতিক্রম করে এসেছিল তাদের সার্টিফিকেট দেওয়া হল। অনুষ্ঠান শেষে গরমাগরম হেলথ ড্রিংক, বোর্নভিটা পান করে শুয়ে পড়লাম।

পরদিন ৩১শে মে সকাল ছ'টায় আবার জগিং করতে করতে এক কিলোমিটার দূরের সেই মাঠে শরীরচর্চা। ফিরে এসে সারিবদ্ধভাবে SP-29 ও SP-30 দাঁড়িয়ে পড়লাম। সমবেত করতালির মাঝখান দিয়ে SP-28 রওনা হয়ে গেল আপার ক্যাম্পের উদ্দেশে। ন'টার মধ্যে বেরিয়ে পড়লাম পিঠে রুকস্যাক বেঁধে। সেদিনের সঙ্গী দড়িদড়া নিয়ে দুজন স্থানীয় যুবক, তারা আমাদের র‍্যাপেলিং ও রক ক্লাইমবিং শেখাবে। আগের দিনের পথ ধরে পার্বতীর উপনদীকে বাঁয়ে রেখে প্রায় দু' কিলোমিটার এগিয়ে গিয়ে ২৫-৩০ ফুট খাড়া একটি বড় পাথরের কাছে উপনীত হলাম। এই পাথর বেয়েই নামতে হবে দড়ি ধরে – এটাকেই বলে র‍্যাপেলিং । ওই পাথরের মাথায় আরো দশ-পনেরো ফুট উপরে ছিল একটা পাইন গাছ। সেই গাছের সাথে দড়িদড়া বাঁধা হল। সেই দড়ি ধরে একে একে নামা অভ্যাস করানো

হল। আমাদের দল ছোট বলে তাড়াতাড়ি হয়ে গেল। কিন্তু লাঞ্চের আগে তাঁবুতে ফেরা চলবে না। সেই নিরালা নদীর ধারে কুঞ্জছায়ায় ঘন্টাখানেক কাটিয়ে দিলাম। ফেরার সময় কাসোল বাজারে কয়েকটা প্রয়োজনীয় জিনিস কিনে নিলাম। দুটো টিফিন বাক্স, একজোড়া হাওয়াই চপ্পল আর একটা ক্যাম্বিসের বল। দু'তিনটি আপার ক্যাম্পে লাঠি দিয়ে ক্রিকেট খেলার মত জায়গা পাওয়া যাবে শুনেছিলাম। আমার জুতোর সোলে ভাল খাঁজ ছিল না – একজোড়া হান্টার স্যু কিনতে হবে। বেস ক্যাম্পের রসুইখানার এক কর্মী বলেছিল পূর্ববর্তী দলের যাত্রীদের ব্যবহার করা জুতো ওর কাছে আছে, অর্ধেক দামে পাওয়া যাবে। তার কাছেই নেব ঠিক করলাম।

লাঞ্চের পরে আবার ঐ পাথরের কাছে এলাম। দড়িদড়া খুলে নেওয়া হয়েছিল, আবার গাছের গায়ে বাঁধা হল। আমি ছাড়া আর সকলে পাথর বেয়ে ওঠার চেষ্টা করল, অধিকাংশই সফল হল। বছর দশেক আগে বাইক দুর্ঘটনায় আমার কলার বোন ভেঙেছিল, দু'বছর পর ডানপায়ের টিবিয়া ভেঙেছিল – তাই আর পাথর বেয়ে ওঠার চেষ্টা করিনি।

পয়লা জুন ব্রেকফাস্ট সেরে, লাঞ্চপ্যাক সঙ্গে নিয়ে দু' পাশে দাঁড়ানো SP-30 ও SP-31 এর সমবেত করতালির মধ্য দিয়ে আমরা বেরিয়ে পড়লাম প্রথম আপার ক্যাম্প কাঞ্চনীর উদ্দেশে। বাস রাস্তায় পৌনে একঘন্টা অপেক্ষার পর বাস পেলাম। মণিকরণ ছাড়িয়ে আরো দশ কিলোমিটার এগিয়ে একটা বাঁকে নামিয়ে দিল আমাদের। সেখান রাস্তার ধারেই দাঁড়িয়েছিল আমাদের মহিলা গাইড। আর ছিল লাঠির পশরা নিয়ে স্থানীয় লোকজন। প্রায় সবাই দশ টাকার বিনিময়ে একটা

করে ছড়ি সংগ্রহ করলাম। তারপর ঐ গাইডকে অনুসরণ করে পার্বতী নদীর সেতু অতিক্রম করে অন্য পাহাড়ে চলে এলাম। এ পথে চড়াই বিশেষ ছিল না, ঘন্টাখানেক হাঁটার পর বারোটা নাগাদ পৌঁছে গেলাম একটা ঝরণার পাশে। মহিলা গাইড বললেন সেটাই লাঞ্চ পয়েন্ট। সেখান থেকে আধঘন্টা হাঁটলেই পৌঁছে যাওয়া যাবে কাঞ্চনী ক্যাম্প। কিন্তু তিনটের আগে ক্যাম্পে ঢোকার নিয়ম নেই, তাই সেখানেই ঘন্টাদুয়েক কাটাতে হবে। দু'জন স্থানীয় মহিলা চা-বিস্কুটের পশরা সাজিয়ে বসেছিল। আমরা পৌঁছাতেই স্টোভ জ্বালিয়ে জল গরম করতে লেগে গেল। আমাদের দল যেহেতু ছোট, মাত্র বাইশ জনের, তাই বেচাকেনা বিশেষ হল না। রাস্তার ডানদিকে গভীর খাত পার্বতী নদী পর্যন্ত খাড়া নেমে গেছে। নদীর অপর পারে সরু ফিতের মত বাস রাস্তা দেখা যাচ্ছিল, যে পথ দিয়ে আমরা এসেছিলাম। জুতো খুলে সারি সারি শুকোতে দিলাম রোদ্দুরে। ছায়া খুঁজে নিয়ে আমরা ছড়িয়ে ছিটিয়ে, শুয়ে বসে, লাঞ্চ খেয়ে কোনোরকমে দু'ঘন্টা পার করে মহিলা গাইডকে তাড়া দিয়ে দুটোর সময় রওনা হলাম। পৌনে তিনটার মধ্যে পৌঁছে গেলাম কাঞ্চনী থাচ্। থাচ্ মানে চারণভূমি, উত্তরাখণ্ডে যাকে বুগিয়াল বলে।

একটা ঝরণার পাশে কিছুটা সমতল জায়গা জুড়ে গোটা সাতেক তাঁবু ফেলা হয়েছে। একটা রান্নার তাঁবু, একটায় স্টোর, অন্য পাঁচটিতে থাকার ব্যবস্থা। প্রতিটি তাঁবুতে বারো-চোদ্দ জন থাকতে পারে। আমাদের দুটো তাঁবু হলেই চলে যেত। হাত-পা ছড়িয়ে থাকব বলে তিনটি তাঁবুর দখল নিলাম। ওয়েলকাম ড্রিংক পান করে তাঁবুর সামনে একচিলতে পরিসরে লাঠি দিয়ে ক্রিকেট খেলা শুরু করল অংশু ও অন্যান্যরা। আমি আশপাশে একটু টহল দিতে বের হলাম।

ফিরে এসে চা পান করে কম্বল, স্লিপিং ব্যাগ সংগ্রহ করলাম। তখন কয়েকজন কাঠ সংগ্রহে ব্যস্ত, সন্ধ্যায় আগুন জ্বালানোর তোড়জোড়। সন্ধ্যা নামতেই ঠাণ্ডা বাড়তে থাকল। এখানে বিদ্যুৎ নেই, সামনে পূর্ণিমা তাই চাঁদের আলো ছিল। ক্যাম্প ফায়ারের আগুন জ্বালানো হল তাঁবু থেকে নিরাপদ দূরত্ব বজায় রেখে। গোল হয়ে বসে আড্ডা শুরু হল। একটি তাঁবুতে তখন এক মুম্বইকার শিবাজীর গল্প ফেঁদে বসেছে। খাবার তৈরির বাঁশি বাজতে একে একে গিয়ে টিফিন কৌটোতে খাবার নিয়ে ডিনার সেরে নিলাম।

পরদিন ২রা জুন সকালে পাশ দিয়ে বয়ে যাওয়া ঝরণার জলে হাতমুখ ধুলাম। প্রাতঃকৃত্য উন্মুক্ত প্রকৃতিতে। ব্রেকফাস্ট সেরে লাঞ্চ প্যাক নিয়ে ন'টার সময় যাত্রা শুরু করলাম 'খোরদো'র উদ্দেশে। আগের দিনে যে পথে এসেছি সেই পথ ধরে দু-আড়াই কিলোমিটার পিছিয়ে গিয়ে জঙ্গলের মধ্য দিয়ে চড়াই ভাঙা শুরু। প্রায় তিনঘন্টা পরে জঙ্গলের মাঝেই লাঞ্চ পয়েন্ট। এখানে যারা চা, কফি, ম্যাগির পশরা নিয়ে বসেছিল তারা আমাদের সাথেই উঠেছে নীচ থেকে। এখান থেকেই ফিরে যাবে নীচে। আজকের চড়াই বেশ কষ্টকর। অনেকেই ম্যাগি, ওমলেট, চা বা কফি খেল। ঘন্টাখানেক বিশ্রাম নিয়ে আবার দু'ঘন্টা জঙ্গলের মধ্য দিয়ে খাড়াই পথ ভেঙে পৌঁছানো গেল খোরদো ক্যাম্পে। এই ক্যাম্পটি একেবারে জঙ্গলের মাঝে, ক্যাম্প সাইটটিও অপ্রশস্ত। স্যাঁতসেতে আবহাওয়ায় ঠাণ্ডাও ছিল ভালই। পাঁচঘন্টা চড়াই ভাঙার শ্রমে সকলেই বেশ ক্লান্ত ছিল। সন্ধ্যার খাওয়া শেষ হতেই যে যার তাঁবুতে স্লিপিং ব্যাগের মধ্যে ঢুকে পড়েছিলাম। রাতের দিকে বেশ কয়েকবার কুকুরের ডাক শোনা গিয়েছিল। কুকুরগুলো খাবার পায় বলে ক্যাম্পেই ঘাঁটি গেড়ে রয়েছিল। হয়তো ভালুক বা অন্য

কোন বুনো জন্তু দেখে কুকুরগুলো চিৎকার করছিল। আশেপাশের জঙ্গলে নাকি মাঝেমাঝেই ভালুক দেখা যায়।

তেসরা জুন সকালটা অবশ্য বেশ রোদ ঝলমলে পেলাম। জুতো মোজা শুকিয়ে নেওয়া গেল। রুকস্যাকগুলোও রোদ্দুরে শুকিয়ে নিলাম। সকাল ন'টায় আবার যাত্রা শুরু পরবর্তী আপার ক্যাম্প জিরমির উদ্দেশে। ঘন্টা দেড়েক খাড়া চড়াই ভেঙে পৌঁছালাম লাঞ্চ পয়েন্টে। বেশ মনোরম এক উপত্যকায় এই লাঞ্চ পয়েন্ট। জঙ্গল এখানে শেষ। এখানকার টিলা থেকে চারপাশের শৃঙ্গরাজি বেশ দেখা যায়, অনেকগুলোই বরফে মোড়া। সবাই বেশ ছড়িয়ে ছিটিয়ে, পাথরের উপর গড়াগড়ি দিয়ে, ধুপছায়ায় ওম নিতে নিতে এক ঘন্টার উপর কাটিয়ে দিলাম। এরকম কোনো জায়গায় পৌঁছেই দেবেন্দ্রনাথ ঠাকুর হাফিজকে স্মরণ করেছিলেন 'স্বর্গ যদি কোথাও থাকে তবে তা এখানেই।' আরো ঘন্টাখানেক চড়াই ভেঙে, পাইনের ছায়াঘেরা প্রান্তর পেরিয়ে পৌঁছে গেলাম আরেক চারণভূমিতে। সেখানে অনেকখানি সমতল প্রান্তর, দু'চারটে বিশাল বিশাল পাইন ও দেওদার। এমনই একটা পাইন গাছের নীচে অপেক্ষা করছিল জিরমির ক্যাম্প লিডার। মুম্বইয়ের ছেলে, পাহাড়কে ভালবেসে একমাসের জন্য ডেরা বেঁধেছে জিরমিতে। ওর সাথে আধঘন্টা হেঁটে পৌঁছে গেলাম ক্যাম্প-সাইটে। আশেপাশে কোথাও জিরমি গ্রাম। গ্রাম দেখা যাচ্ছিল না তবে কয়েকটা গরু ইতস্তত চরে বেড়াচ্ছিল। এখানে জলের টানাটানি, প্রায় আধ কিলোমিটার দূর থেকে পাইপ বসিয়ে জল আনা হচ্ছিল। তাঁবুর আশেপাশে জায়গাও ছিল অনেকটা। আগের ক্যাম্পের তুলনায় প্রায় পনেরোশ' ফুট উঁচুতে জিরমি, ঠাণ্ডার প্রকোপও বেশী। সন্ধ্যার আগেই কাঠকুটো জ্বালিয়ে ক্যাম্প ফায়ার চালু হল। এই ক্যাম্পে খাওয়া-

দাওয়ার মান সত্যিই ভালো। আসলে উপকরণের যোগান আর রাঁধুনিদের দক্ষতার উপর সবকিছু নির্ভর করে।

চৌঠা জুন সকাল ন'টায় যাত্রা শুরু হল সর্ব্বোচ্চ ক্যাম্প তিলালোটনীর (উচ্চতা ১২৫০০ফুট) দিকে। লাঞ্চ পয়েন্ট পর্যন্ত যাত্রাটা চড়াই তবে তত খাড়া নয়, মাঝে মাঝে উৎরাই পেলাম। বড় গাছের সংখ্যা ধীরে ধীরে কমে আসছিল। কয়েকটা সুন্দর চারণভূমি পেরিয়ে গেলাম। এরকম একটা টিলা থেকে দেখা গেল আগের ব্যাচ SP-28 এর যাত্রীরা সার বেঁধে পার হচ্ছে বরফে ঢাকা সর-পাস। লাঞ্চের পর শুরু হল প্রাণান্তকর চড়াই। অক্সিজেন কম থাকার দরুণ হাঁপিয়ে পড়ছিল সবাই। মিনিট পনেরো বাদে বাদেই বিশ্রাম নিতে হচ্ছিল। পথে শুধু গুল্মজাতীয় গাছ। দুপাশে দেখা যাচ্ছিল অসংখ্য পাহাড়চূড়া, যেগুলোর উচ্চতা আমাদের চেয়ে কম। মাঝে মাঝেই শুকনো ঘাসের উপর ফুটে রয়েছিল রং-বেরঙের ফুল। অবশেষে একটা বড় চড়াই ভেঙে এক কিলোমিটার বরফ মেশানো পথ। বরফ গলে গিয়ে জায়গায় জায়গায় প্যাচপ্যাচে কাদা। সন্তর্পনে সে পথ পেরিয়ে একটা উঁচু টিলার মাথায় জনাকয়েক মানুষ দেখা গেল। টিলার ঢালে অপর পারেই তিলালোটনী ক্যাম্প। ক্যাম্প-লিডার আমাদের স্বাগত জানানোর জন্য টিলার মাথায় দাঁড়িয়ে ছিলেন। ক্যাম্পে পৌঁছাতে প্রায় চারটে বেজে গেল। চা খেয়ে কম্বল স্লিপিং ব্যাগ সংগ্রহ করে তাঁবুর মধ্যে ঢুকে পড়ার পর আর বেরোতে ইচ্ছা করছিল না। বাইরে হাড়কাঁপানো হাওয়া। এটাও নাকি একটা চারণভূমি, এখানে ওখানে পড়ে ছিল ভেড়া, ছাগলের নাদি। টিলার একটু উপরের দিকে নাকি মোবাইল সংযোগ পাওয়া যাচ্ছিল। সেদিনেই অংশুর উচ্চ মাধ্যমিকের রেজাল্ট বের হওয়ার কথা। অংশু মোবাইল নিয়ে বেরিয়ে গেল

বাড়ীতে যোগাযোগ করা যায় কিনা দেখতে। আধঘন্টা পরে ফিরে এসে জানাল ৭৫% নম্বর পেয়েছে। তাঁবুর মধ্যে খুশীর রেশ ছড়িয়ে পড়ল। দাবি উঠল পরদিন সর-পাস ট্রেকে ম্যাগি খাওয়াতে হবে।

পাঁচই জুন ভোররাতে উঠে পড়তে হল হুইসেলের আওয়াজে। কনকনে ঠান্ডা উপেক্ষা করে চা খেয়ে বোতলে জল ভরে প্রাতঃকৃত্য সেরে এলাম একে একে। ভোরের আলো ফোটার আগেই গরমাগরম সুজির হালুয়া খেয়ে, লাঞ্চ প্যাক নিয়ে বেরিয়ে পড়লাম। জলের বোতল সঙ্গে রইল, তাতে গরম জল মিশিয়ে নিলাম। তবে সে জল কতক্ষণ গরম থাকবে কে জানে। ক্যাম্প-লিডার আগেই বলে দিয়েছিলেন কমপক্ষে চারটে লেয়ার পোষাক পরতে হবে। গেঞ্জি, জামা, হাফ সোয়েটার, জ্যাকেট আছে। তবুও আফসোস হচ্ছিল ফুল সোয়েটারটা এক্সট্রা লাগেজ হিসাবে বেস-ক্যাম্পে জমা রেখে আসার জন্য। আমার আবার গ্লাভস ছিল না তাই হাত ফেটে গিয়েছিল দু'দিন আগেই। প্রায় আধঘন্টা হাঁটার পর সূর্যোদয় হল। প্রথম আলো পড়ল দূরের উঁচু পাহাড়চূড়ায়, তারপর পাহাড়ের ঢালে, অবশেষে আমাদের পথের উপর। এ পথে গুল্মও নেই, শুধু ঘাস। এ যাত্রায় আমাদের সঙ্গী দুই শেরপা। দার্জিলিং থেকে নিয়ে আসা হয়েছে বরফঢাকা সর-পাস নির্বিঘ্নে পার করে দেওয়ার জন্য। জিজ্ঞেস করলাম এখানকার পাহাড়গুলোর নাম জানে কিনা। ওরা বলল দার্জিলিং, সান্দাকফু, পেলিং থেকে যেসব শৃঙ্গগুলি দেখা যায় সবগুলির নাম ওরা জানে। এখানের শৃঙ্গগুলির নাম ওরা জানে না, হয়তো নামকরণ হয়নি।

ঘন্টাখানেক চলার পর ঢুকে পড়লাম বরফের রাজ্যে। পথ কখনো বরফের উপর দিয়ে, কখনো পাথুরে জমিতে। ওরা বলল,

মাসখানেক আগে যখন প্রথম দলটি আসে তখন পুরোটাই ছিল বরফে ঢাকা, এখন কিছুটা গলে পাথুরে মাটি বেরিয়ে পড়েছে। আরো ঘন্টাখানেক চলার পর দেখা গেল বরফ ভেদ করে একটা টিলা জেগে উঠেছে। সেখানে তাঁবু খাটিয়ে টি-পয়েন্ট করা হয়েছে। চা, কফি, ওমলেট, ম্যাগি বানানো হচ্ছে। এ সাময়িক ব্যবস্থা শুধু ট্রেকারদের জন্য। আমরা এ জায়গা ছেড়ে চলে গেলে ওরাও চলে যাবে নিজেদের ডেরায়। একঘন্টা বিশ্রাম নিয়ে আবার চলা শুরু। এবার টানা একঘন্টা বরফের উপর দিয়ে হাঁটতে হবে। আগের দলগুলি যে পথ ধরে গেছে সেখানে বরফের উপর একটা পায়ে চলা পথ তৈরি হয়ে গেছে। সেটা ধরেই এগোতে থাকলাম। পায়ের জুতো দিয়ে ঠুকে ঠুকে বরফের খাঁজ তৈরি করে করে যেতে হচ্ছিল। সামান্য অসতর্ক হলেই পিছলে পড়তে হবে একশো দেড়শো ফুট নীচে। প্রাণসংশয় নেই, তবে ওই পথ আরোহন করতে হবে নিজেকেই – শেরপারা হাত ধরে সাহায্য করবে শুধু। এই কম অক্সিজেন আবহে একশো দেড়শো ফুট ওঠাও বেশ শ্রমসাধ্য। আমাদের সর্বকনিষ্ঠ সোহম একবার পিছলে পড়ল প্রায় দেড়শো ফুট নীচে। এইভাবে প্রায় দু' কিলোমিটার পথ পেরিয়ে আধ কিলোমিটার চড়াই, প্রায় ৬০° খাড়া। অতি সন্তর্পনে সেই পথ একে একে পেরিয়ে টঙে উঠে পড়লাম। সবাই উঠে পড়লে শেরপা দু'জন বিদায় নিল। একজন স্কেটিং করে প্রায় পাঁচশো ফুট নেমে গেল দু'তিন মিনিটে, অন্যজন ছুটতে ছুটতে নেমে গেল দূরন্ত ব্যালেন্সিং দেখিয়ে। ওরা ফিরে যাবে তিলালোটনীতে। সর-পাস অতিক্রম করে এসেছি, এবার নামার পালা।

পাথুরে পাহাড় ধরে কিছুটা এগিয়ে এক বরফের ঢালে রুকস্যাক সমেত বসিয়ে দিল গাইড। পিছলে নেমে গেলাম প্রায় ৩০০ ফুট।

দ্বিতীয় দফায় আবার স্লিপ করে নামা হল প্রায় ১০০ ফুট। পরণের প্যান্ট ভিজে গেল বরফগলা জলে। আরো আধ কিলোমিটার বরফের উপর হেঁটে, বরফগলা জলের কয়েকটি ঝর্ণা পেরিয়ে পৌঁছে গেলাম এক সুন্দর চারণভূমিতে। সেখানে ইতি উতি কয়েকটা গরু, মোষ, ভেড়া চরে বেড়াচ্ছিল। আশেপাশে কোথাও লোকালয়ের চিহ্ন ছিল না। কোথা থেকে যে এই জীবগুলো এবং সঙ্গী রাখালেরা এসেছে, দিনের শেষে কোথায় যাবে ভেবে পাচ্ছিলাম না। ওখানে একটা টি-পয়েন্ট। অস্থায়ী পলিথিন শীটের তাঁবুর নীচে ম্যাগি, ডিম, চা ইত্যাদির পশরা। সকলেই বেশ ক্লান্ত, কেউ বড় পাথরের উপর, কেউ বা ঘাসের উপর হাত পা ছড়িয়ে চিৎ হয়ে শুয়ে পড়ল। আমার ভিজে পোষাক, জুতো, মোজা রোদ্দুরে শুকোতে দিলাম। গরম চা খেয়ে শরীরে একটু তাগদ এল।

ঘন্টাখানেক বিশ্রাম নিয়ে আবার পথ চলা শুরু হল। ইতিমধ্যে আকাশ জুড়ে কালো মেঘ জমেছিল। ধেয়ে আসছিল আমাদের দিকেই। মিনিট পনেরো হাঁটার পর বৃষ্টি শুরু হল। বৃষ্টি তো নয় নকুলদানার মত বরফ মাটিতে পড়ে মিলিয়ে যাচ্ছিল। সবাই রেন-শীট বের করে নিজেদের ঢেকে নিলাম। আরো ঘন্টাখানেকের পথ বাকী। বৃষ্টি থামার কোন লক্ষণ নেই। বরফের নকুলদানা তখন আর মিলিয়ে যাচ্ছিল না, শিউলি ফুলের মত জমিতে বিছিয়ে রইল। ঘন্টাখানেক এইভাবে চলার পর লোকালয় চোখে পড়ল, বিসকেরি তাঁবুতে পৌঁছাতে আরো পনেরো মিনিট সময় লাগল।

পরদিন ৬ই জুন সকালে উঠে দেখি আকাশ আরো গোমড়া। তারই মাঝে প্রাকৃতিক কাজকর্ম সারতে হল। ন'টা নাগাদ গুঁড়ি গুঁড়ি বৃষ্টি

মাথায় নিয়েই রেন-শীট ঢেকে বেরোতে হল পরবর্তী ও শেষ লোয়ার ক্যাম্প বান্দকের উদ্দেশে। এদিনের পথ চলা অনেকটাই পাইন বনের ভিতর দিয়ে। পথ কর্দমাক্ত, গাছের নীচে জমে থাকা পাইন পাতা জল পেয়ে আরো পিছল হয়ে গেছিল। মাঝেমাঝেই এক একজন হড়কে যাচ্ছিল, লাঠি দিয়েও শেষরক্ষা হচ্ছিল না। দু'ঘন্টা এভাবে চলার পর একটা নালা পড়ল। খাত বেয়ে পঁচিশ-তিরিশ ফুট নামতে হবে, জোড়া পাইনগুঁড়ি দিয়ে বানানো সেতু পার হয়ে আবার পঁচিশ-তিরিশ ফুট উঠতে হবে। নামার মুখে একটা পাইন গাছের গুঁড়ির সাথে দড়ি লাগানো হয়েছিল। র‍্যাপেলিং-এর ট্রেনিংটা এখানে কাজে লাগাতে হল। দড়ি ধরে একে একে নেমে এলাম নালার বুকে, ঠাণ্ডা জলের ঝাপটা দিলাম চোখে মুখে। পাইন গুঁড়ির সেতুও পেরিয়ে গেলাম একে একে। কাদামাখা পিছল পথে বিনা দড়িতে পঁচিশ ফুট ওঠাটাই একটা চ্যালেঞ্জ। ধীরে ধীরে উঠেও পড়ল সবাই। এপারে এসেই চোখে পড়ল একটা টি-পয়েন্ট বা লাঞ্চ পয়েন্ট। লাঞ্চ প্যাক সাবাড় করে আবার চলা পাইন বনে ছাওয়া উপত্যকা দিয়ে। রোদ ঝলমল দিন হলে এই নিসর্গ আরো অনুপম মনে হত। বৃষ্টিভেজা পথে অবতরণ, আরোহণের চেয়ে বেশী সাবধানতা দাবি করে। এভাবে ঘন্টাদুয়েক চলার পর পৌঁছালাম বিশাল বিশাল পাইন গাছে ছাওয়া স্নিগ্ধ এক প্রান্তরে। একপ্রান্তে একটা খাটাল। সেখান থেকে গোপবালারা বালতি করে ঘোল (লস্যি) নিয়ে এল আমাদের কাছে বিক্রীর অভিপ্রায়ে। অনেকেই সেই ঘোল খেল দশটাকা মগ হিসাবে।

খানিকটা জিরিয়ে নেওয়ার পর আবার একটা চড়াই। আধঘন্টা কসরৎ করে সেই চড়াই বেয়ে ওঠার পর কচ্ছপের পিঠের মত একটা চারণভূমি অতিক্রম করার পর চোখে পড়ল আমাদের শেষ লোয়ার

ক্যাম্প ‘বান্দক থ্যাচ’। বৃষ্টি তখন থেমেছে কিন্তু আকাশের মুখ তখনও গোমড়া। উচ্চতা কম হওয়ার জন্য (৮০০০ ফুট) ঠাণ্ডা সেখানে তুলনায় কম। ক্যাম্প-সাইটটি চমৎকার, কয়েকটা বাচ্চা কুকুর খেলা করে বেড়াচ্ছিল। আমাদের পায়ে পায়ে ঘুরঘুর করতে করতে এক একবার তাঁবুর মধ্যেও ঢুকে পড়ছিল। ক্যাম্প-লিডারও বেশ অতিথিপরায়ণ। আমরা পৌঁছাতেই চায়ের জল গরম করতে বসিয়ে দিল। চা-জলখাবার খেয়ে, কম্বল স্লিপিং ব্যাগ সংগ্রহ করে তাঁবুতে ঢুকে পড়লাম।

পরদিন সবাই আলাদা হয়ে যাবে। কয়েকজন বেরিয়ে পড়বে সকাল ছ'টায়। বেস ক্যাম্প থেকে সার্টিফিকেট সংগ্রহ করে মানালীর বাস ধরবে। আমরা ছ'জন সকাল ন'টায় বেরব। আমি আর অংশু বেস ক্যাম্পে থেকে যাব। বাকী চারজন ভুন্টার থেকে দিল্লীগামী রাতের বাস ধরবে। এটাই শেষ একযোগে রাত্রিযাপন। গত সাত-আট দিনে আমরা SP-29 একটি পরিবার হয়ে উঠেছিলাম। বিগত দিনগুলোর সুখস্মৃতি সবাই রোমন্থন করছিলাম।

সাতই জুন সকালে ঘুম ভাঙল অগ্রবর্তী যে দলটি বেরিয়ে যাবে তাদের ব্যস্ততায়। তাঁবুর বাইরে বেরিয়ে মনটা বেশ খুশী হয়ে গেল। আকাশ নির্মল, গত দু'দিনের বৃষ্টিতে পাহাড়গুলির মাথায় নতুন করে বরফ জমেছে আরো, এখন রোদ্দুরের অপেক্ষা। সকালের ব্রেকফাস্ট খেয়ে প্রথম দলটা বেরিয়ে গেল সাড়ে ছ'টায়। আমাদের তাড়া ছিল না। তখন শুধু প্রাকৃতিক সৌন্দর্য উপভোগ করার সময়। দূরের পাহাড়চূড়ায় রোদ্দুর এসে পড়ল। আরো আধঘন্টা পরে রোদ্দুর এসে পড়ল ক্যাম্পের চাতালে। ভিজে পোষাক, মোজা, জুতো রুকস্যাক সব

মেলে দিলাম রোদ্দুরে। একটা বড় পাথরের উপর বসে রোদ্দুরের ওম নিতে নিতে ব্রেকফাস্ট সারলাম। ভবেশ কুকুরপ্রেমী, বাচ্চাগুলোর সাথে খেলা জুড়ে দিল। রোদ ঝলমল সকালে বেশ কয়েকটা ছবি নিলাম ক্যাম্পের, নিজেদের আর আশপাশের প্রকৃতির। এই সুন্দর ক্যাম্প ছেড়ে যেতে মন চাইছিল না। তবু ন'টা নাগাদ বেরোতে হল। শেষদিনের পথে কোন গাইড ছিল না। ক্যাম্প-লিডার বলে দিলেন রাস্তার বাঁকে বাঁকে হলুদ তীরচিহ্ন দেওয়া আছে। ওই তীর নির্দেশিত পথে নামতে হবে।

আগের দিনের লস্যি পয়েন্ট থেকে ডানদিকে নীচে যাওয়ার পথ। আবারো একদফা লস্যি খাওয়া হল। তারপর পাইনবনের মধ্য দিয়ে, রৌদ্রছায়া মাখা পথ ধরে আমাদের ছ'জনের পথ চলা – আমি, অংশু, ভবেশ, কিরণ, মেহুল ও নটরাজ। গন্তব্য বরসানি, তিন ঘন্টার হাঁটাপথ, ঢিমেতালে গেলেও সাড়ে তিনঘন্টা লাগবে। পথের বাঁকে বাঁকে স্নিগ্ধ চারণভূমি। পুরাণ বলে এই উপত্যকা দেবতাদের বিহারস্থান। এখানে বিহার করতে করতে নদীতে স্নান করার সময় পার্বতী তাঁর মণিকুণ্ডল হারিয়ে ফেলেন। সেই থেকে নদীর নাম পার্বতী আর মণিকরণ হল সেই স্থান যেখানে শেষনাগ হারানো মণিটি ফিরিয়ে দেন। প্রাকৃতিক সৌন্দর্য এমনই যে এই উপত্যকা দেবতাদের বিহারস্থল হবারই উপযুক্ত। এই রৌদ্রকরোজ্জ্বল দিনে প্রকৃতি তার সমস্ত সৌন্দর্য উজাড় করে দিয়েছে। দু'ঘন্টা চলার পর একটা বড় গ্রাম পুলগাঁও। গ্রাম পেরিয়ে একটা নালা বা ঝরণা, মিশেছে পার্বতী নদীতে। সেই ঝরণা পেরিয়ে আরো আধঘন্টা পরে পৌঁছে গেলাম বরসানি। পার্বতী নদীর পুল পেরিয়ে বেশ কিছুটা উঁচুতে উঠে বরসানি বাস স্ট্যান্ডে পৌঁছালাম সাড়ে বারোটায়। বাস দাঁড়িয়ে ছিল, মিনিট

পনেরো পরেই বাস ছেড়ে দিল। দেড়টা নাগাদ আমি ও অংশু নেমে পড়লাম মণিকরণে। বাকী চারজন সোজা কাসোল চলে গেল। উষ্ণ প্রস্রবনে স্নান করে লঙ্গরখানায় ভাত খেয়ে নিলাম। তারপর হাঁটা শুরু করলাম। ঘন্টাখানেক হেঁটে পৌঁছে গেলাম কাসোল বেস ক্যাম্পে।

তখন আমাদের SP-29 এর সদস্যরা তৈরী হচ্ছে ক্যাম্প ছেড়ে রওনা হওয়ার জন্য। চা খেয়ে একে একে সবাই বিদায় নিল। বেস ক্যাম্প তখন ভাঙা হাট। এই ট্রেকিং-এর শেষ দল এসেছে ৩১শে মে। তারা আমাদের দুদিন পরেই ফিরে আসবে। মেয়েদের চারটি তাঁবুর মধ্যে তিনটি গুটিয়ে ফেলা হয়েছে। কাঞ্চনী ও খোরদো ক্যাম্পগুলি গুটিয়ে আনা হয়েছে। ফিল্ড ডিরেক্টর তার তত্বাবধান করছেন। মিঠুনকে আর দেখা গেল না, তার দায়িত্ব শেষ করে সে পাড়ি দিয়েছে কর্মজগতে।

এতগুলো তাঁবু সেদিন ফাঁকা, শুধু আমি আর অংশু একটা তাঁবুতে থাকব। স্টোর রুমে রেখে যাওয়া আমাদের লাগেজ বের করে এনে একটা তাঁবুতে গুছিয়ে রেখে শেষবারের মত কাসোল বাজারে টহল দিতে গেলাম। বাজারেও লোকজন কম। স্থানীয়দের বাদ দিলে কয়েকজন বিদেশী ট্যুরিস্ট দেখা গেল। এতদিন শুধু নিরামিষ খেয়ে এসেছি, স্বাদ বদলাতে ডবল ডিমের ওমলেট খেলাম। পার্বতীর উপনদীর পাড় বরাবর কিছুটা হেঁটে এলাম। শেষ বিকেলের আলো ক্রমশ মরে আসছে। এই সুন্দর নিসর্গের শেষ চিহ্নটুকু আত্মীকরণ করে ফিরে এলাম বেস ক্যাম্পে। ক্যামেরা ও মোবাইলের ব্যাটারী চার্জে বসালাম। কিচেন স্টাফদের সঙ্গে কিছুক্ষণ গল্প করলাম। সেদিন আর কেউ আসবে না। পিছনে মাত্র দুটি দল ছিল। তারা ফিরলেই এই বেস ক্যাম্প গুটিয়ে নেওয়া হবে। ফিল্ড ডিরেক্টরের কাছে জানতে

পারলাম আমাদের পরের ব্যাচ খারাপ আবহাওয়ার জন্য সর-পাস পেরোতে পারেনি, ওরা তিলালোটনি থেকে ফিরে এসেছে।

রাত্রে বহুক্ষণ ঘুম আসছিল না। পার্বতী নদীর কলধ্বনি শুনতে শুনতে ভাবছিলাম প্রাত্যহিকতা থেকে ছুটি নেওয়া এই দশদিনের অনবদ্য প্রাপ্তির কথা। খারাপ লাগছিল আমাদের দলের যে মেয়েটিকে পরের দিনের দলের সাথে জুড়ে দেওয়া হল তারা সর-পাস পেরোতে পারেনি ভেবে। আমাদের বুকিং একদিন পরে হলে আমাদেরও পেরোনো হত না। পাহাড়ী আবহাওয়ার মর্জি কে বলতে পারে! আরও ভাবছিলাম বাঙালি ছেলেমেয়েদের এই সব ট্রেকে অংশগ্রহণ এত কম কেন? বাঙালি নাকি ভ্রমণবিলাসী!

পরদিন সকালে সার্টিফিকেট সংগ্রহ করে, ব্রেকফাস্ট সেরে আমরা অগ্রসর হলাম মানালীর দিকে।

For exact dates of Sar-Pass trek each year, look into www.yhaindia.org

সঞ্জয় কুণ্ডু

দেবসেনাপতির মন্দিরে

পৃথিবীকে যে আগে প্রদক্ষিণ করে আসতে পারবে সেই পাবে শ্রেষ্ঠত্বের শিরোপা, এই শর্তে কার্তিক গণেশ দুজনে রাজী হওয়ার পর কার্তিক বেরিয়ে গেলেন ময়ূরবাহনে। পার্বতী দেখলেন ইঁদুরে চড়ে গণেশের পরাজয় নিশ্চিত। তাই গণেশকে বুদ্ধি দিলেন: মাতা ধরিত্রীর সমান। তুই আমাকে পরিক্রমা করে জয়ী হ। কার্তিক যখন খবর পেলেন মায়ের আশীর্বাদে গণেশ ইতিমধ্যেই জয়ী, তখন তিনি হিমালয়ের এক শৈলশিরে। মনের জ্বালা জুড়ানোর জন্য আরো কয়েকদিন সেখানেই থেকে গেলেন। এই সেই জায়গা। কার্তিকস্বামী মন্দিরের পুরোহিত আমাদের কাছে স্থানমাহাত্ম্য বর্ণনা করলেন।

কার্তিকঠাকুর এখানে এসে থাকুন অথবা নাই এসে থাকুন, ভ্রমণবিলাসী বাঙালিরা প্রায়শই এসে থাকেন ভোরের আলোয় দিগন্তজোড়া গিরিশৃঙ্গ দেখার টানে। একটি টিলার শিখরে অবস্থিত বলে এখানে হিমালয়ের ৩৬০ ডিগ্রী ভিউ পাওয়া যায়, উচ্চতা ৩০৫০ মিটার। সেটা ছিল ২০১৫ সালের অক্টোবরের সকাল। দুর্গাপূজার তখনও দিন পনেরো দেরী। সকালে যখন রুদ্রপ্রয়াগ থেকে বেরিয়েছিলাম, হাওয়াতে শিরশিরানি ভাব ছিল। সেখান থেকে কণকচৌরি আসতে লেগেছে দুঘন্টা, দূরত্ব চল্লিশ কিমি। কণকচৌরি থেকে তিন কিলোমিটার হাঁটাপথ, জঙ্গলের মধ্যে পাখির ডাক শুনতে শুনতে দিব্যি হেঁটে আসা যায়। চড়াই পথ, তবে খুব খাড়া নয়। আমরা

যখন উঠছিলাম তখন বেশ কয়েকটি ছোট-বড় দল নেমে আসছিল। তারা কণকচৌরিতে রাত কাটিয়েছে। সকালের প্রথম রোদ্দুর একের পর এক তুষারশৃঙ্গ ছুঁয়ে যাচ্ছে দেখতে হলে কণকচৌরিতে রাত কাটানোই শ্রেয়। সাধারণ মানের থাকার হোটেল আছে সেখানে।

আমাদের চোখের সামনে তখন পশ্চিম থেকে পূবে দৃশ্যমান বন্দরপুঞ্ছ, কেদারনাথ, চৌখাম্বা, দ্রোণাগিরি, নীলকণ্ঠ, নন্দাঘুন্টি, ত্রিশূল, নন্দাদেবী ইত্যাদি শৃঙ্গরাজি। উল্টোদিকে আমাদের চেয়ে নিচে সবুজে মোড়া অসংখ্য পাহাড়চূড়া। আমরা একটু দেরীতে পৌঁছেছি বলে রোদের তাপে নীচের মেঘ ধীরে ধীরে উপরে উঠে ক্রমশ ঢেকে দিচ্ছিল বরফ ঢাকা চূড়াগুলি। ঘন্টাখানেক প্রাণভরে হিমালয় দর্শন করলাম। ইত্যবসরে পুরোহিত মশায়ের কাছে শোনা হল স্থানমাহাত্ম্য। মন্দিরটি সাধারণ, নিরাভরণ – অসাধারণ হয়ে ওঠে বরফ পড়া শুরু হলে।

চারধাম সূচীর বাইরে পড়ে বলে কার্তিকস্বামীর প্রচার কম। তাছাড়া এখানে গাড়োয়াল মণ্ডল বিকাশ নিগমের কোন অতিথিশালা নেই। মীরাট থেকে এসেছি খিরসু হয়ে। পৌড়ি জেলার একটা ছোট্ট গ্রাম খিরসু, উচ্চতা সতেরশো মিটার, গোটা পঞ্চাশেক পরিবারের বাস। সেখানে পাহাড়ের ঢালে অতি মনোরম স্থানে গাড়োয়াল মণ্ডল বিকাশ নিগমের একটি অতিথিনিবাস বহুদিন ধরেই আছে। তার ফলে পর্যটকদের কাছে খিরসুর পরিচিতি বেশি। মেঘ-ধোঁয়াশামুক্ত দিনে হিমালয়ের এই চূড়াগুলিই দেখা যায় খিরসু থেকে, যেগুলি আমরা দেখলাম কার্তিকস্বামী মন্দির থেকে। কপাল ভাল থাকলে এই শৃঙ্গরাজি আবার দেখতে পাব পৌড়ি থেকে।

অনেকে প্রশ্ন করেন একই শৃঙ্গরাজি (Range) বারে বারে দেখতে ক্লান্তি আসেনা ? উত্তরে বলব: প্রকৃতি প্রতিদিন নিজেকে ভিন্ন ভিন্ন ভাবে মেলে ধরে। আজ খিরসু থেকে হিমালয়ের দারুণ দর্শন হয়েছে বলে আগামীকাল কার্তিকস্বামী মন্দির থেকে বা পরশু পৌড়ি থেকে ভাল ভিউ পাব তার কোন নিশ্চয়তা নেই। আবার প্রথম দর্শনে প্রকৃতি সবকিছু উজাড় করে দেয় না। অবশ্য দীর্ঘদিন থাকলে ক্লান্তি আসা স্বাভাবিক। তবে আমরা তো যাই বিভিন্ন ঋতুতে, হিমালয়কে নতুন করে পাব বলে।

এবার ফেরার পালা। নীচে কণকচৌরিতে নেমে গাড়িতে রুদ্রপ্রয়াগ; সেখানে দুপুরের খাবার খেয়ে রওনা দিলাম পৌড়ির দিকে। পথে পড়ে শ্রীনগর। বেশ সমৃদ্ধ জনপদ, একটি বিশ্ববিদ্যালয়ও আছে এখানে। শ্রীনগর অনেক নিচুতে, উচ্চতা ৫৬০ মিটার, পৌড়ি ১৮১০ মিটার উঁচু। কিছুটা ওঠার পর বিহঙ্গদৃষ্টিতে শ্রীনগরকে অপূর্ব সুন্দর লাগে।

বিকেলের মধ্যে পৌঁছে গেলাম পৌড়িতে নিগমের অতিথিনিবাসে। পাহাড়ের ঢালে স্তরে স্তরে গড়ে উঠেছে এই প্রাচীন জেলাসদর। ছবির মত সুন্দর নিগমের অতিথিনিবাসটি নিজগুণেই একটি ভিউপয়েন্ট। দর্শনীয় স্থান আরো আছে; কণ্ডোলিয়া মন্দির, সানসেট পয়েন্ট ইত্যাদি। পরদিন সকালে আবার দেখতে পেলাম কেদারনাথ, চৌখাম্বা, দ্রোণাগিরি, নীলকণ্ঠ, নন্দাঘুন্টি, ত্রিশূল, নন্দাদেবী ইত্যাদি শৃঙ্গরাজি।

বেলা বাড়তে রওনা দিলাম ল্যান্সডাউন। ল্যান্সডাউন ক্যান্টনমেন্ট শহর, উচ্চতা সতেরশো মিটার। দিল্লিবাসীদের তৃতীয় জনপ্রিয় হিল-রিসর্ট, নৈনিতাল-মুসৌরীর পরেই এর স্থান। এখানে নিগমের

(GMVN) দুটি অতিথিনিবাস আছে। সেরা অবস্থান টিপ-ইন-টপ বাংলোটির। এর খোলা চত্বরে বসে ধোঁয়াশামুক্ত সকালে হিমশিখর দর্শন করা যায়। মার্চ-এপ্রিলে লাল রডোডেনড্রন ফুলে ছেয়ে থাকে বনানী। আর আছে একটি সুদৃশ্য গীর্জা এবং ওয়ার মিউজিয়াম। দুপুর বারোটার পর বরফঢাকা পর্বতশৃঙ্গ দেখা যায় না। বাকি সব দেখে সন্ধ্যার আগেই নেমে এলাম সমতলে কোটদ্বার। সেখান থেকে হরিদ্বার একঘন্টার পথ, আমরা ফিরলাম মীরাট আড়াই ঘন্টায়।

কিভাবে যাবেন: হরিদ্বার থেকে বাসে রুদ্রপ্রয়াগ; সেখান থেকে ট্রেকারে কণকচৌরি। অথবা গাড়ি ভাড়া নিন হরিদ্বার থেকে।

কখন যাবেন: অক্টোবর- নভেম্বর সেরা সময়।

কোথায় থাকবেন: নিগমের (GMVN) রুদ্রপ্রয়াগ অতিথিনিবাসের বুকিং অনলাইনে করা যায়; কণকচৌরিতে প্রাইভেট হোটেল।

সঞ্জয় কুণ্ডু

টিহরী গাড়োয়াল

অধিকাংশ বাঙালী চাম্বা বলতে হিমাচলের চাম্বাকেই বোঝেন। উত্তরাখণ্ডের টিহরী গাড়োয়াল জেলার চাম্বার খবর অনেকেই রাখেন না। চারধাম যাত্রাপথে গঙ্গোত্রী থেকে কেদারনাথ যেতে হয় এই চাম্বার উপর দিয়ে। এছাড়া টিহরি জলাধার যারা দেখতে যেতে চান তাঁদের চাম্বা হয়েই যেতে হয়। ঋষিকেশ থেকে নরেন্দ্রনগর হয়ে চাম্বার দূরত্ব পঁয়ষট্টি কিমি। আর একটা রাস্তা দেরাদুন থেকে মুসৌরী ঢোকার দু কিমি আগে ডানদিকে ধনৌল্টি কানাতাল হয়ে চাম্বা এসেছে। এ পথে দূরত্ব পঁচানব্বই কিমি। এছাড়াও চাম্বা থেকে দেবপ্রয়াগ আশি কিমি আর শ্রীনগর (গাড়োয়াল) পঁচানব্বই কিমি দূরে।

প্রথমবার টিহরী ড্যাম দেখতে যাই ২০১৫ সালের জুলাই মাসে। মীরাট থেকে রাত্রি এগারোটায় রওনা দিয়ে ঋষিকেশ, নরেন্দ্রনগর হয়ে চাম্বায় পৌঁছাই সকাল সাড়ে ছ'টায়। সেখানে না থেমে আরো বাইশ কিমি এগিয়ে গেলাম টিহরী জলাধারে। ঢোকার মুখে দুটি দোকান, পাশে একটা জলের ট্যাঙ্ক। সেখানেই হাতমুখ ধুয়ে চা খেলাম। তারপর ড্যামের দিকে এগিয়ে গেলাম। বাঁধের কাছাকাছি যেতেই CISF পথ আটকালো। বাঁধের উপর যাওয়া নিষেধ। অথচ দেখলাম স্থানীয় চারচাকার গাড়ী ও বাস বাঁধের উপর দিয়ে পার হয়ে গেল। সিকিউরিটি স্টাফেরাই বলল এক কিমি পিছিয়ে তিন কিমি উপরে চলে যান সেখানে ভিউপয়েন্ট আছে।

দেখলাম দুই নদীর সঙ্গমে বাঁধ, পাহাড়ঘেরা দিগন্তবিস্তৃত জলরাশি। একটি নদী ভাগীরথী, গঙ্গোত্রী থেকে আসছে। অন্যটি ভিলংনা, খাটলিং গ্লেসিয়ার থেকে যার উৎপত্তি। পাথর ও মাটি দিয়ে তৈরী ভারতের উচ্চতম বাঁধ। প্রায় চার ঘনকিলোমিটার এর জলধারণ ক্ষমতা, পরিপূর্ণ অবস্থায় পঞ্চাশ বর্গকিলোমিটার জুড়ে এর ব্যাপ্তি। গভীরতা গড়ে এক কিলোমিটার। প্রায় এক লক্ষ স্থানীয় অধিবাসীদের পুনর্বাসন দিতে হয়েছে নিউ টিহরীতে। তাদেরই একজন বললেন উল্টোদিকের পাহাড়ের গর্ভে সাততলা বাড়ীর সমান উঁচু জলবিদ্যুৎ প্রকল্প আছে। সেখানে ঢুকতে গেলে কর্তৃপক্ষের অনুমতি লাগে।

আমরা ভিউপয়েন্ট থেকে নীচে নেমে এসে জলের কিনারে গেলাম। বোটিং ও ওয়াটার স্পোর্টস এর বিজ্ঞাপন দেখলাম কয়েক জায়গায়, কিন্তু কোনো আয়োজন দেখলাম না। দুয়েকজন মাছ ধরছিল, তারা বলল বর্ষায় সময় ওয়াটার স্পোর্টস বন্ধ থাকে। এভাবে ঘন্টাদুয়েক কাটিয়ে নাস্তা সেরে চাম্বা ফেরার পথ ধরলাম। সারারাত জাগার পর ক্লান্ত শরীর বিশ্রাম চায়। জলাধারের কাছাকাছি থাকার হোটেল নেই, আছে নিউ টিহরী বা চাম্বাতে। খোঁজ করতে করতে আমরা পৌঁছে গেলাম চাম্বাতে হোটেল দেবকী প্যালেসে। পাইন গাছ ঘেরা হোটেল, চিলেকোঠায় চারটি রুম আছে, সামনে প্রশস্ত বারান্দা। সেখানে থেকে চাম্বা জনপদটি ছবির মত লাগছিল।

বিশ্রাম নিয়ে স্নান সেরে বাজারে একটা হোটেলে ভাত রুটি সহযোগে দুপুরের খাবার খেয়ে সোজা চলে গেলাম বাইশ কিমি দূরে সুরকুণ্ডা দেবীর মন্দিরের প্রবেশপথে। তিন কিলোমিটার খাড়া চড়াই ভেঙ্গে মন্দিরে পৌঁছুলাম। এটি একটি সতীপীঠ, দক্ষযজ্ঞের সময় দেবীর

মাথা ওখানে পড়ে। জুলাই মাসে মেঘের আনাগোনা বেশী। পাহাড়চূড়ায় মন্দির থেকে হিমালয়ের বরফঢাকা চূড়া দেখা গেল না। সন্ধ্যায় হোটেলে ফিরে এলাম।

দ্বিতীয়বার চাম্বা গেলাম ২০১৫ সালে বিশ্বকর্মা পূজার সময় বন্ধুস্থানীয় ভাইদের সাথে। হরিদ্বার থেকে সকালে রওনা হয়ে দুপুর দুটো নাগাদ পৌঁছুলাম চাম্বা, উঠলাম দেবকী প্যালেস হোটেলে। বিকেলে টিহরী ড্যাম বেড়িয়ে নিলাম। পরদিন সকালে সুরকুণ্ডা মন্দির দর্শন করে ধনৌল্টি, দেরাদুন হবে মীরাট এ ফিরে আসি। সেবারও সুরকুণ্ডা মন্দির থেকে হিমালয়ের পরিষ্কার দর্শন হয়নি।

তৃতীয়বার চাম্বা গেলাম ২০১৫-র দীপাবলির রাতে। হোটেল দেবকী প্যালেস এর ম্যানেজার ততদিনে আমাকে ‘বাবুমশায়’ বলে ডাকতে শুরু করেছেন। ফোনে বললেই টপ ফ্লোরে ১১৯ নম্বর রুম রেখে দেন। সেবার আমরা বিকেলে সুরকুণ্ডা মন্দিরে উঠলাম। হিমালয়ের বরফঢাকা চূড়াগুলির দুর্দান্ত ভিউ পাওয়া গেল। দীপাবলির রাতে আলোকমালা সজ্জিত চাম্বাকে অপরূপ লাগে। তখন হিম পড়া শুরু হয়েছে; বেশী রাত পর্যন্ত সে রূপ দেখা সম্ভব হল না। পরদিন টিহরী ড্যাম পেরিয়ে টিপরি; সেখান থেকে শ্রীনগর (গাড়োয়াল) হয়ে পৌড়ি। সেবারেই প্রথম ড্যামের উপর দিয়ে আসা। CISF প্রহরী জানতে চাইল কোথায় যাব। শ্রীনগর যাব বলার পর ডিকি খুলে দেখাতে হল কি কি আছে। ড্যাম পেরিয়ে এক-দেড় কিলোমিটার এগোতেই চোখে পড়ল বাঁদিকে ভিলংনা নদীর উপর রোপওয়ে, মদননেগী ঝুলা।

চতুর্থবার পঁচিশে ডিসেম্বর ২০১৫-তে গিয়েছি উল্টোদিক দিয়ে; পৌড়ি থেকে শ্রীনগর, মালেথা হয়ে জওহরলাল নবোদয় বিদ্যালয়কে ডাইনে

রেখে পিপলডালি, টিপরি পেরিয়ে টিহরি ড্যাম। সেখান থেকে নিউ টিহরি হয়ে চাম্বা। সেবারও দেবকী প্যালেসে ছিলাম। প্রচণ্ড শীতের হাত থেকে বাঁচতে আমাদের অনুরোধে ম্যানেজার মিঃ শর্মা হিটারের ব্যাবস্থা করে দিয়েছিলেন। সেবার আমাদের ইচ্ছে ছিল বরফপাত দেখার। তাই পরদিন আমরা ধনৌল্টি, মুসৌরী হয়ে কেম্পটি ফল্স পেরিয়ে চকরাতা চলে যাই। কিন্তু এত ঠান্ডা ভোগ করেও সেবার কোথাও বরফ পাইনি। আসলে তখন জানতাম না বাতাসে জলীয় বাষ্পের আধিক্য না থাকলে, বৃষ্টি পড়ার মত পরিস্থিতি না তৈরী হলে তুষারপাত হয় না। সেটা এই অঞ্চলে ফেব্রুয়ারী মাসে ঘটে।

ফেব্রুয়ারি ২০১৬-তে শুনতে পেলাম কানাতালে বরফ পড়ছে। এক শুক্রবার রাতে মীরাট থেকে রওনা হয়ে ঋষিকেশ হয়ে শনিবার ভোরবেলায় পৌঁছুলাম চাম্বা। উঠলাম দেবকী প্যালেস হোটেলে, পঞ্চমবার। খানিক বিশ্রাম নিয়ে সাথীদের নিয়ে নিউ টিহরী হবে ঢিহরী ড্যামে গেলাম। বাঁধ পেরিয়ে মদননেগী রোপওয়ে চড়ে ওপারের গ্রামে গেলাম। সেদিন সকাল থেকেই টিপটিপ বৃষ্টি পড়ছিল। আমরা টিপরি পর্যন্ত গিয়ে চাম্বায় হোটেলে ফিরে এলাম। রাতে বৃষ্টি আরো বাড়ল, সঙ্গে হাড়কাঁপানো শীত। সকালে ভেবেছিলাম কানাতাল, ধনৌল্টি, মুসৌরী হয়ে মীরাট ফিরব। দশ কিলোমিটার যাওয়ার পর আর এগোতে পারলাম না। রাস্তার উপর এবং দুপাশে গতরাতে পড়া বরফ জমাট বেঁধে আছে। গাছের ডালে ডালে, পাতায় পাতায় জমে আছে তাজা বরফ। রোদ্দুরে তাপে গলে গিয়ে ঝুরঝুর করে বরফ পড়ছে গাছ থেকে।

ষষ্ঠবার চাম্বা পেরিয়ে গঙ্গোত্রী গেছি মে ২০১৬-তে। গঙ্গোত্রী থেকে ফেরার সময় রাত কাটিয়েছি চাম্বায়। সেবার দেবকী প্যালেসে ঠাঁই হল না, তাই উঠেছিলাম GMVN ট্যুরিস্ট লজে। সেটাও ভাল জায়গায় অবস্থিত। একটি টিলার উপরে, তাই চাম্বার চতুর্দিকের দৃশ্য দেখা যায়। ট্যুরিষ্ট লজে রাত কাটিয়ে পরদিন যাই টিহরী ড্যাম পেরিয়ে মদননেগী রোপওয়েতে। রোপওয়ে চড়ে পাহাড় ও জলাধারের শোভা দেখতে দেখতে ওপারে গেলাম। গোল বাধল ফেরার সময়। আমরা যখন মাঝনদীতে (ভিলংনা), বিদ্যুত সরবরাহ বন্ধ হয়ে গেল। ত্রিশঙ্কু অবস্থায় ঝুলে রইলাম প্রায় পনেরো মিনিট।

এছাড়াও টিহরী ড্যাম দর্শনের পর চাম্বার উপর দিয়ে পেরিয়ে গেছি আরো কয়েকবার, তবে রাত্রে থাকিনি। ফেব্রুয়ারি ২০১৭-তে আবার গিয়েছিলাম বরফ পড়ার খবর পেয়ে। সদ্য পড়া বরফ পাইনি, তিনদিন আগে পড়া বরফ পেয়েছি কানাতালে। সেবার উঠেছিলাম অন্য একটি হোটেলে। পরদিন সকালে হোটেল মালিকের পরামর্শে বরফ দেখতে গেলাম ডান্ডাচালি। সেখানেও যথেষ্ট বরফ পেয়েছি, যদিও বেশিদূর এগোতে সাহস পাইনি।

চাম্বার হোটেল দেবকী প্যালেসে আবার রাত্রিযাপন করেছি মে ২০১৭-তে, দিল্লী থেকে গঙ্গোত্রী যাওয়ার পথে। শেষবার চাম্বা গিয়েছি ২০১৮ সালে পূজার সময় মদমহেশ্বর থেকে ফেরার পথে, তখন গিয়েছিলাম উখীমঠ থেকে অগস্ত্যমুনি, ঘনশালি হয়ে। সেবারেও দেবকী প্যালেস হোটেলে ছিলাম।

বারে বারে টিহরি গিয়ে আমার অভিজ্ঞতা অনুসারে বলছি টিহরি ড্যাম ভ্রমণ করতে হলে চাম্বাতে একরাত্রি কাটিয়ে যান। সবচেয়ে ভাল

সময় অক্টোবরের মাঝামাঝি থেকে নভেম্বরের মাঝামাঝি। হরিদ্বার থেকে সকাল আটটায় রওনা হলে দুপুর একটার মধ্যে পৌঁছে যাবেন। সেদিন বিকেলে কানাতাল হয়ে সুরকুণ্ডা মন্দির প্রবেশপথে পৌঁছান বিকেল চারটার মধ্যে। মন্দিরে উঠতে দেড়ঘন্টা লাগবে, নামতে একঘন্টা। সন্ধ্যায় হোটেলে ফিরে চাম্বার প্রকৃতিকে উপভোগ করুন। দেরাদুন থেকে যাঁরা যাবেন তাঁরা যদি ধনৌল্টি হয়ে যান তাহলে সুরকুণ্ডা দেবী দর্শন করে চাম্বা ঢুকতে পারেন। পরদিন সকালেই চলুন টিহরী ড্যাম দেখতে। টিহরী সোজাপথে বাইশ কিমি। চলুন ঘুরপথে নিউ টিহরি হয়ে। এ পথে দূরত্ব তিরিশ কিমি কিন্তু অবতরণ করতে করতে বাঁকে বাঁকে জলাধারটি দেখতে পাবেন। চালু থাকলে বোটিং করতে পারেন। ড্যাম পেরিয়ে বাঁদিক এর রাস্তা ধরুন। দেড় কিলোমিটার গিয়ে মদননেগী রোপওয়ে পাবেন। আরো দেড়-দু কিলোমিটার গিয়ে টিপরি। টিপরি থেকে বাঁয়ের রাস্তা যাচ্ছে শ্রীনগর, ডাইনের রাস্তা দেবপ্রয়াগ। দেবপ্রয়াগ এর রাস্তায় দু'তিন কিলোমিটার এগিয়ে যান। নিউ টিহরী সমেত পুরো জলাধারের ভিউ পাবেন। হাতে আরো দুয়েক দিন ছুটি থাকলে এগিয়ে যান দেবপ্রয়াগ হয়ে পৌড়ি অথবা অলকানন্দার উজানে যোশীমঠ হয়ে বদ্রীনাথ, নচেৎ ফিরে আসুন চাম্বা।

গঙ্গোত্রী

মীরাট থেকে হরিদ্বার যাওয়ার দুটো পথ। বিজনৌর হয়ে দূরত্ব ১৫০ কিমি, মুজফ্ফরনগর হয়ে ১৪০ কিমি। দিনের বেলায় গেলে বিজনৌর হয়ে যেতাম – এ পথে ট্রাফিক কম, কিন্তু বেশ খানিকটা জঙ্গল পড়ে। রাতের বেলায় মুজফ্ফরনগর হয়ে যেতাম। ট্রাফিক বেশী, টোলও আছে তবে নিরাপত্তা আছে। সারারাত পুলিশ পেট্রলিং থাকে।

২০১৬ সালের মে মাসের এক নিদাঘনিশিথে, শনিবার রাত এগারোটার সময় বেরিয়ে পড়লাম দূরপাল্লার সফরে, চারচাকার গাড়িতে স্ত্রীকে পাশে বসিয়ে। আড়াই ঘন্টা পরে রুড়কি পৌঁছালাম। বাসস্ট্যাণ্ডের উল্টোদিকে একটা চায়ের দোকান সারারাত খোলা থাকে। সেখানে চা খেয়ে একটু জিরিয়ে আড়াইটা নাগাদ পৌঁছলাম হরিদ্বার বিষ্ণুঘাটে। বিড়লা রোডে হোটেল খুঁজতে লাগলাম। ইচ্ছে ঘন্টাদুয়েক বিশ্রাম নিয়ে আবার রওনা দেব গঙ্গোত্রীর পথে। পরের রাতটা 'হরশিল'-এ কাটানোর ইচ্ছে। হরিদ্বার থেকে চাম্বা, উত্তরকাশী হয়ে হরশিল ২৭৫ কিমি পথ, টানা চালিয়ে গেলেও সাড়ে ন'ঘন্টা লাগবে। দু ঘন্টার জন্য একগাদা টাকা খরচ করে বাতানুকুল ঘর নেওয়ার যুক্তি নেই, বরং আশঙ্কা আছে ঘুম না ভাঙার। তাতে পুরো সফরটাই মাটি হয়ে যাবার যথেষ্ট সম্ভাবনা। তাই একটা সস্তার হোটেল খুঁজে নিলাম, পাঁচশো টাকায় সকাল পর্যন্ত থাকতে দেবে। কামরায় ঢুকে দেখলাম সেটা একটা অন্ধকূপ, হাওয়া খেলে না। আর

পুরোদমে পাখা চালিয়েও মশার হাত থেকে রেহাই নেই। এসময় পশ্চিম উত্তরপ্রদেশে গরম তুঙ্গে, হরিদ্বারে দিনে ৪০, রাতে কিছুক্ষণের জন্য ২৫ ডিগ্রী সেন্টিগ্রেড। এপাশ ওপাশ করে কোনোমতে দু'ঘন্টা কাটিয়ে বেরিয়ে পড়লাম।

ঋষিকেশের শুকনো নদী পেরিয়ে শুরু হল চড়াই। ভোরের আলো সবে ফুটছে। এর মধ্যেই স্বাস্থ্যসচেতন বায়ুসেবীদের প্রথম দল চড়াই ভেঙে এগিয়ে চলেছে। এই এক দেড় কিলোমিটার পথ প্রাতঃভ্রমণকারীদের খুব প্রিয়। যতবার উষালগ্নে এ পথে গিয়েছি, এদের দেখা পেয়েছি। সামনের মন্দির পর্যন্ত এরা যায়, যেখান থেকে ডানদিকের পথ গিয়েছে লছমনঝোলা হয়ে রুদ্রপ্রয়াগ। আমরা যাব বাঁদিকে নরেন্দ্রনগর হয়ে চাম্বা। এ পথ আমার হাতের তালুর মত চেনা, অন্তত পাঁচ ছ'বার গেছি এ পথ ধরে।

চাম্বা পেরিয়ে পাহাড়ের এক সুন্দর ঢালে একটি চা দোকান দেখে মিনিট পনেরো দাঁড়িয়ে গেলাম। চোখেমুখে জল ছিটালাম। উত্তরকাশী এখান থেকে প্রায় চার ঘন্টার পথ, এ পথে এই প্রথমবার যাচ্ছি। পথের বাঁকে বাঁকে লেখা, পাহাড়ি পথে গাড়ি চালানোর প্রধান দুই বিপদ হল নেশা এবং নিদ্রা। সারারাত গাড়ি চালিয়ে সকালের ঠান্ডা হাওয়ায় চোখ জুড়িয়ে আসা অস্বাভাবিক নয়। তাই চোখে জলের ছিটে এবং চা খাওয়া। দু ঘন্টা পরে এল 'চিন্যালিসৌড়'। এখান থেকে বাঁদিকের রাস্তা চলে গেছে দেরাদুন। আমরা যাব ডানদিকে, ভাগিরথীর তীর বরাবর উত্তরকাশী।

উত্তরকাশী ঢোকার আগে নদীর চওড়া কোলে ছবির মত মিলিটারি বেস। সেন্ট্রাল স্কুল, খেলার মাঠ সবই আছে সেখানে। যে পথ দিয়ে

যাচ্ছি সেটা নদীখাতের অনেক উঁচুতে, তাই অনেকদূর অবধি দেখা যাচ্ছিল নদীর বাঁক, জনবসতি এবং জলের স্রোত। উত্তরকাশী সমৃদ্ধ জনপদ। পুরো উত্তরকাশী জেলার রসদ এখান থেকেই যায়। জমজমাট বাজার। ঢুকতেই পেট্রোল পাম্প, জ্বালানি ভরে নিলাম, টায়ারে হাওয়া মেপে নিলাম। তিন চারটি খাওয়ার হোটেল, ঠেলাভর্তি ফল। বারোটা বাজে, পেটভর্তি খাবার খেলে ঘুম আসার সম্ভাবনা, তাই হালকা কিছু খেলাম। আধঘন্টা পরে আবার চলা শুরু। চারধাম যাত্রা চালু হয়ে গেছে, ফলে রাস্তায় ট্রাফিক ভালোই। শহর পেরিয়ে একটা মন্দিরে বিশাল শিবের মূর্তি। রাস্তায় দেখলাম যেখানেই জলের সুবিধা রয়েছে সেখানেই তীর্থ যাত্রীদের নামিয়ে দিয়ে রান্নার তোড়জোড় শুরু হয়েছে। ইত্যবসরে যাত্রীরা প্রাকৃতিক কাজকর্ম এবং স্নান সেরে নিচ্ছে।

৪৫ কিলোমিটার দূরে একটি ছোট্ট বসতি ভাটওয়ারি। সেখান থেকে এক কিলোমিটার এগিয়ে বাঁদিকে বেঁকে গেছে দায়ারা বুগিয়াল যাওয়ার পথ। উত্তরকাশী জেলার অন্যতম প্রধান ট্রেক দায়ারা বুগিয়াল। শীতে আকর্ষণ বাড়ে, বুগিয়াল বরফের চাদরে ঢেকে যায়। সামনের শীতে সুযোগ পেলে ট্রেকে আসব। তখন শরীর ক্লান্ত, গাড়ি চালাচ্ছিলাম বলে চোখ কান খোলা রাখতে হচ্ছিল। শ্রাবণী মাঝে মাঝেই ঢুলে পড়ছিল।

হরশিল একটি ছোট জনপদ। প্রধান সড়ক থেকে প্রায় আধা কিলোমিটার বাঁয়ে যেতে হয়। চিনতে না পেরে কিছুটা এগিয়ে গেছলাম। আবার ফিরে এসে একটা সাঁকো (ভাগিরথীর উপর বেইলি ব্রীজ) পেরিয়ে হরশিল পার্কিং-এ যখন গাড়ি রাখলাম তখন প্রায়

তিনটা বাজে। কাছেই একটি হোটেলের দোতলায় একটা কামরা পেয়ে গেলাম। নীচের তলায় খাওয়ার ব্যবস্থা। অর্ডার দিয়ে স্নান সেরে নিলাম। খাবার খেয়ে টানা দুঘন্টা ঘুম লাগালাম। ঘুম ভাঙার পর বারান্দা থেকেই দেখতে পাচ্ছিলাম বেলাশেষের রোদ্দুর পাহাড়ের গায়ে আলোছায়ার মায়া রচনা করেছে। আমরা একটু হেঁটে এলাকাটি দেখতে বের হলাম।

ওক, দেওদার এবং আপেল গাছে ঘেরা, সমুদ্রতল থেকে ৭৮৬০ ফুট উঁচুতে, হরশিল একটি পাহাড়ঘেরা জনপদ। মূলতঃ ভোটিয়া (তিব্বতী) লোকজনের বাস। এর অর্ধেক অংশ জুড়ে গাড়োয়াল স্কাউট এবং ইন্দো টিবেটিয়ান বর্ডার পুলিশ এর বেস ক্যাম্প। তিব্বত সীমান্ত বেশী দূরে নয়। দীওয়ালির পর গঙ্গোত্রীতে যখন তুষারপাত শুরু হয়, গঙ্গাজীর মূর্তি নামিয়ে আনা হয় এখান থেকে এক কিলোমিটার দূরে 'মুখবা' গ্রামে। একটু হেঁটে গাড়োয়াল নিগমের (GMVN) ট্যুরিস্ট লজটা দেখতে গেলাম। লজটি ভালো, যাত্রী সমাগমে পরিপূর্ণ। ফিরে এসে যখন হোটেলের সামনে দাঁড়িয়েছিলাম, উর্দি পরনে এক জওয়ান পরিস্কার বাংলায় জিজ্ঞাসা করল 'আপনারা কি কলকাতা থেকে আসছেন? গাড়ির নম্বর প্লেট দেখলাম পশ্চিমবঙ্গের।' বললাম 'আমরা বাঙালি, তবে এখন মীরাট থেকে আসছি।' বলল, 'অনেকদিন এখানে পড়ে আছি তো, বাঙালি দেখলে, বাংলা কথা বলে আরাম পাই।'

পরদিন সোমবার সকালে স্নান সেরে রওনা হলাম গঙ্গোত্রীর দিকে। পরিস্কার রোদঝলমল দিন। তিন-চার কিলোমিটার এগিয়ে বাঁদিকে নদীখাতে বেশ প্রশস্ত একটি স্থানে একটি হেলিপ্যাড বানানো আছে দেখলাম। আরো ঘন্টাখানেক পরে পৌঁছালাম ভৈরোঁঘাটিতে। এখানে

জাহ্নবি নদী মিশেছে ভাগিরথীর সাথে। আছে একটি ভৈরব মন্দির। আর আছে একটি ক্যান্টিন, ন্যায্যমূল্যে খাবারদাবার পাওয়া যায়। পাকা রাস্তা এখানেই শেষ, এরপর গঙ্গোত্রী পর্যন্ত ন' কিলোমিটার রাস্তা সম্প্রসারিত হচ্ছিল। ধুলিধূসরিত হয়ে পৌছালাম গঙ্গোত্রী। তখন প্রায় ন'টা বাজে।

মন্দিরের প্রবেশপথের দুধারে সারিবদ্ধ বিপণী। পূজার উপকরণের দোকান অর্ধেক, বেশ কিছু খাবার দোকান, আরো হরেকরকম দোকান আছে যেখানে জ্যারিকেন থেকে চুড়ি পর্যন্ত সবকিছু পাওয়া যায়। চারধাম দর্শনার্থীদের ভীড়ে মন্দির প্রাঙ্গণ সরগরম। আমাদের ফিরতে হবে চাম্বাতে। দীর্ঘ লাইন। বেশী দর্শনী দিয়ে কম ভীড়ের লাইনে দাঁড়ালাম। আধঘন্টার মধ্যে গঙ্গাজীর পূজা দিয়ে বেরিয়ে এলাম। ফেরার পথে একটা পাঁচ লিটারের জ্যারিকেন কিনলাম। উপলখণ্ডে উপলখণ্ডে বয়ে চলা স্বচ্ছতোয়া ভাগিরথীর পরিষ্কার জল সংগ্রহ করলাম।

এবার ফেরার পালা। ভৈরোঁঘাঁটির ক্যান্টিনে আলু পরটা খেলাম, ভৈরব মন্দির দর্শন করলাম। এবার টানা অবতরণ। হরশিল ঢোকার আগে হেলিপ্যাডে একটা লাল কপ্টার নেমে এল। যাত্রীদের পরনে নেই মিলিটারি পোশাক। শুনেছিলাম এই হেলিপ্যাড তখন চারধাম যাত্রীদের আনা-নেওয়া করছে।

হরশিল পৌঁছে গেলাম। গত রাত্রিটা এখানে কেটেছে। 'বিজড়িত স্মৃতিছায়ে' গতি স্বভাবতই মন্থর। একজোড়া তরুণ-তরুণী হাত দেখিয়ে থামতে বলল। পরণে ট্র্যাক স্যুট, পায়ে ট্রেকিং সু, পিঠে রুকস্যাক, লিফ্ট চাইল। যাবে দেরাদুন, কোনো বাস পাচ্ছে না, সেই

রাতেই ট্রেন ধরবে। উত্তরকাশী পৌঁছাতে পারলে বাস পেয়ে যাবে। তুলে নিলাম, ক্রমশ পরিচয় পেলাম – এরা প্রবাসী বাঙালি। দিল্লীতে কাজ করে দুটি সংস্থায়। মেয়েটি আমার মেয়ের বয়সী। দুজনে ছুটি নিয়ে ট্রেক করতে এসেছিল হরশিল। নিজেদের মধ্যে হিন্দী, বাংলা, ইংরেজীতে কথা বলছিল। বোঝা গেল না ওদের রসায়ন, মনে হল ভবিষ্যতে গাঁটছড়া বাঁধতে পারে আবার নাও পারে। দেশ এগিয়ে চলেছে, আমাদের সময়ে সমাজের ভ্রুকুটি ছিল। সেসব ঝেড়ে ফেলে এভাবে দুজনে বেরিয়ে পড়ার কথা চিন্তাও করা যেত না। গাড়িতে গান চলছিল পাঁচমেশালি – কখনো রবীন্দ্রসঙ্গীত, কখনো আধুনিক, কখনো হিন্দী। ওরা উপভোগ করছিল, আমরাও। আমার মধ্যে দুষ্টুমি খেলা করছিল। আঁকাবাকা পাহাড়ি পথে গতি না কমিয়ে বাঁক নিচ্ছিলাম, যাতে এ ওর গায়ে গড়িয়ে পড়ে। বলেছে 'আঙ্কেল, সম্ভালকে'। শ্রাবণী আমার এই মুড চেনে, বহুবার আস্বাদন করেছে। উত্তরকাশীতে পৌঁছে গেলাম দুটোর মধ্যে। ওরা বাসের সন্ধানে গেল, আমরা ভাতের সন্ধানে।

ভাগিরথীকে বাঁয়ে রেখে আবার চলা শুরু। একে একে পেরিয়ে এলাম ধরাসু, চিন্যালিসৌড়। পথের বাঁকে এক সুন্দর জায়গায়, সম্ভবত 'কমাণ্দ' নাম জায়গাটার, এক যাত্রিনিবাসের সামনে খোলা চত্বরে সিমেন্টের ছাতা বাঁধানো আছে দেখলাম। প্রাকৃতিক দৃশ্যের সৌন্দর্য উপভোগ করতে করতে চা খেলাম সেখানে। পাইন গাছে ঘেরা পথ দিয়ে ফিরছিলাম। গাছে গাছে তখন পাইন ফল (Cone) ঝুলছে। গত দু'বছরে এত পাইন ফল কুড়িয়েছি যে আমার মীরাটের বাসা বোঝাই হয়ে রয়েছে। তবু এখনো সুন্দর আকৃতির কোনো ফল রাস্তার ধারে পড়ে থাকতে দেখলে তুলে নিতে ইচ্ছে হয়। কয়েকটা সংগ্রহ করে

যখন চাম্বা ঢুকলাম তখন বেলা পড়ে এসেছে। প্রথমে খোঁজ করলাম আমাদের প্রিয় হোটেল 'দেবকী প্যালেসে'। সেখানে ঠাঁই নেই। গেলাম গাড়োয়াল নিগমে, সংকীর্ণ বাজারের রাস্তা পেরিয়ে একটা উঁচু টিলার উপরে। তখন ট্যুরিস্ট লজটিতে সংস্কার চলছে, তবু পেয়ে গেলাম একটা ঘর। স্নান সেরে দুজনে গেলাম লজ লাগোয়া টিলাটিতে। একটা মন্দির সেখানে। এই টিলা থেকে পুরো চাম্বা শহরটিকে দেখা যায়। যে পথ দিয়ে এখানে এলাম, যে পথ গেছে টিহরি জলাধারে, যে পথ গেছে মুসৌরির পানে সব ফুটে উঠেছে চোখের সামনে। অন্তরে দৃষ্টিপাত করলে হয়তো ফুটে উঠবে সেই পথ যে পথ গেছে সন্ধ্যাতারার পারে। একটি দুটি করে আলো জ্বলে উঠছে জমিনে, একটি দুটি করে তারা ফুটছে আশমানে। একটি বালিকা মন্দিরে জ্বালিয়ে দিয়ে গেল একটি প্রদীপ। লজের কর্মীরাই মন্দিরটি দেখাশোনা করে। মনের মধ্যে গুনগুনিয়ে ওঠে 'এই নম্র নীরব সৌম্য গভীর আকাশে, তোমায় করি গো নমস্কার / এই শান্ত সুধীর তন্দ্রানিবিড় বাতাসে, তোমায় করি গো নমস্কার।'

পরদিন মঙ্গলবার, টিহরি জলাধারটা আবার দেখার ইচ্ছে হল। ওখান নদীবাঁধ পেরিয়ে ভিলংনা নদীর উপর একটি ঝুলা (রোপওয়ে) আছে, সেটা শ্রাবণীর দেখা হয়নি। আর টিহরি জলাধার যতবার গিয়েছি, যে কোনো ঋতুতে, ভালো লাগে। পাহাড়ের বেষ্টনিতে দিগন্তবিস্তৃত নীল জল আমাকে বার বার টানে। নদীবাঁধ পেরিয়ে গেলাম টিপরি। সেখানে আলু-পরটা দই সহযোগে প্রাতরাশ সেরে দু' কিলোমিটার পিছিয়ে এলাম মদননেগী ঝুলাতে। এটি আদতে নদীর ওপারের গ্রামগুলিতে মানুষজনের যাতায়াতের জন্য তৈরি হয়েছে। তাদের জন্য কম ভাড়ায় মাসকাবারি টিকিটের ব্যবস্থা, ট্যুরিস্টদের জন্য বেশী

টাকার টিকিট – যাতায়াতে জনপ্রতি একশো টাকা। টিকিট কেটে চড়ে বসলাম। নির্বিবাদে পৌঁছে গেলাম ওপারে। কাছাকাছি কোন গ্রাম নেই, বিভিন্ন কোণ থেকে জলাধারটাই দেখার। আধঘন্টা পরে ফেরার জন্য ঝুলায় চড়ে বসলাম। মিনিট পনেরো অপেক্ষা করেও আর কোন যাত্রী পাওয়া গেল না। আমাদের দুজনের সঙ্গে রইল অ্যাটেনডেন্ট, হাতে তার ওয়াকি টকি, সংকেত পাঠাতে ঝুলা চালু হয়ে গেল। গোল বাধল মাঝ বরাবর এসে, বিদ্যুত সংযোগ বন্ধ হয়ে গেল। ঝুলতে লাগলাম মাঝগঙ্গায়। শ্রাবণী প্রথম প্রথম পরিস্থিতি উপভোগ করছিল। মিনিট পনেরো পরেও যখন বিদ্যুত এল না, তখন উদ্বেগের ছায়া ঘনিয়ে এল মুখে। আমি মনে করিয়ে দিলাম একটা প্রচলিত লব্জ আছে হিন্দিতে ‘মুঝে দিল মে বন্ধ কর লো, ঔর দরিয়া মে ফেক দো চাবি’। গানও আছে বেশ কিছু। বললাম ঐ ওয়াকি-টকিটা ছুঁড়ে ফেলি ভাগিরথীর জলে। রস নেওয়ার মন তখন ছিল না, আরো শঙ্কিত হয়ে পড়ল। অপারেটার বোধহয় বিদ্যুত ফিরে আসার জন্য অপেক্ষা করছিল। শেষমেষ জেনারেটার চালিয়ে আমাদের নিয়ে এল এপারে। তখন প্রায় আধঘন্টা কেটে গেছে। অভিজ্ঞতা শ্রাবণীর পক্ষে অপ্রীতিকর, আমার কাছে উপভোগ্য।

আবার টানা অবতরণ। নরেন্দ্রনগরে দুপুরের খাবার খেয়ে, ঋষিকেশ, হরিদ্বার, বিজনৌর হয়ে সন্ধ্যা নাগাদ মীরাট ফিরেছিলাম প্রায় হাজার কিলোমিটার পথ পরিক্রমা করে। পথে বেহসুমা-র কাছাকাছি এক ফলন্ত আমবাগানের মাঝে খাটিয়ায় বসে চা খেয়েছি। পরের গ্রীষ্মে আবার গেছি ঐ ফলন্ত আমবাগানের ধাবায় বসে চা খেতে, তখন সঙ্গে ছিল কন্যা।

দেবভূমি গাড়োয়াল

রবীন্দ্রনাথের বড়দা দ্বিজেন্দ্রনাথ ঠাকুরের একটি ছড়া আমাদের সবার ক্ষেত্রেই প্রযোজ্য:

'ইচ্ছা সম্যক জগদ্দর্শনে, পাথেয় নাস্তি
পায়ে শিকলি, মন উড়ু উড়ু, এ কি দৈবের শাস্তি।'

এর সাথে যোগ করতে ইচ্ছে করে, পাথেয় যখন সুগম হয়, কর্মস্থলের বাঁধন এমন আষ্ঠেপৃষ্ঠে জড়িয়ে ধরে যে সময় বের করাই মুশকিল। ২০১৬ সালে আমি তখন মীরাটে। দুর্গাপূজার ছুটিতে স্ত্রী ও তার মা-বাবাকে আসতে বলেছিলাম। ওঁরা দুর্গাপূজার ষষ্ঠীর দিনে এসে গেলেন দুপুরে। বলে রেখেছিলাম রাত জাগতে হবে, দুপুরে খাওয়া-দাওয়ার পর যেন ঘুমিয়ে নেন। পরিকল্পনামত রাতের খাওয়ার পর এগারোটা নাগাদ বেরিয়ে পড়লাম চারচাকার গাড়িতে। পাড়ি দিতে হবে ৪৬৫ কিমি দূরের পথ বদ্রী, একরাত্রি কাটাব ৩৩৫ কিমি দূরে কর্ণপ্রয়াগে। মীরাট থেকে কর্ণপ্রয়াগ টানা গাড়ি চালালেও লাগবে দশ ঘন্টা। অনেক দিন ধরেই প্রস্তুতি নিচ্ছি। মে মাসে রাতে দিনে বারো ঘন্টা গাড়ি চালিয়ে গেছি হরশিল। আগস্ট মাসে রাতে দিনে বারো ঘন্টা চালিয়ে গেছি কর্ণপ্রয়াগ। এবার পরীক্ষা আশি ও তিয়াত্তর বছরের দুই বরিষ্ঠ নাগরিককে নিয়ে এতটা পথ পাড়ি দেওয়ার। ধকল সইতে পারবেন কিনা চিন্তায় ছিলাম।

গঙ্গোত্রী, যমুনোত্রী, কেদার, বদ্রী এই চার ধামই উত্তরাখণ্ডের গাড়োয়াল অঞ্চলে পড়ে। ২০১৬ সালের দুর্গাসপ্তমীতে ভোররাত চারটের সময় ঋষিকেশ ছেড়ে ভাগিরথী ও অলকানন্দার সঙ্গম দেবপ্রয়াগে সকাল হল। এতক্ষণ গঙ্গার ধারা ছিল ডানদিকে। কীর্তিনগরের সেতু পেরিয়ে অলকানন্দাকে বাঁয়ে রেখে শ্রীনগর পেরিয়ে ঘন্টাদুয়েক পরে পৌঁছালাম রুদ্রপ্রয়াগ। এখানে গাড়োয়াল মণ্ডল বিকাশ নিগমের (GMVN) রেস্তোরাঁটি ভারি সুন্দর। মন্দাকিনী ও অলকানন্দার সঙ্গম দেখতে দেখতে প্রাতরাশ সেরে নেওয়া হল। এবার অলকানন্দার উজান বেয়ে বদ্রীনাথের পথ ধরলাম। পথে পড়ে গৌচর – টানা চড়াইয়ের মাঝে একটুখানি সমতল, চোখের আরাম। আরো ঘন্টাখানেক এগিয়ে অলকানন্দা ও পিণ্ডার নদীর সঙ্গমে কর্ণপ্রয়াগ। এদিনের যাত্রাবিরতি GMVN রেস্টহাউসে। চারিদিকে উঁচু পাহাড়ঘেরা ছোট জনপদ, বিকেলে সঙ্গমের অদূরে কর্ণমন্দির দেখে এলাম।

পরদিন অষ্টমীর সকালে কর্ণপ্রয়াগ থেকে যাত্রা শুরু অলকানন্দাকে বাঁয়ে রেখে উজানে। পথে নন্দপ্রয়াগ, চামোলি পেরিয়ে পিপলকোটিতে হালকা ঠাণ্ডার আমেজ নিয়ে উন্মুক্ত আকাশের নীচে পথের পাশের ধাবাতে প্রাতরাশ সারা হল। হেলাঙ্গ, যোশীমঠ, বিষ্ণুপ্রয়াগ, গোবিন্দঘাট হয়ে বেলা বারোটা নাগাদ পৌঁছে গেলাম বদ্রীনাথ। ভারত সেবাশ্রম সংঘের নবনির্মিত তিনতলা যাত্রীনিবাসে স্থান পাওয়া গেল। এর বারান্দা থেকে বদ্রীনারায়ণ মন্দির দেখা যায়। একটু বিশ্রাম নিয়ে দুপুরের খাবার খেয়ে মন্দির দর্শনে গেলাম। আর তিন সপ্তাহ পরে ভাইফোঁটাতে পর্যটক মরশুম শেষ হবে। ভীড় বিশেষ ছিল না, নিশ্চিন্তে

মন্দির দর্শন করা গেল। সন্ধ্যা নামতেই ঠাণ্ডার দাপট টের পাওয়া গেল।

নবমীর সকালে ঘুম ভাঙতেই দেখি নীলকণ্ঠ পর্বতের মাথায় দিনের প্রথম আলো, সোনার মুকুট যেন। ফিরতি পথে গোবিন্দঘাট পৌঁছে প্রাতরাশ সারলাম গতবারের চেনা দোকানে। মাসদুয়েক আগে, গত ১৫ই আগস্ট এই গোবিন্দঘাট থেকেই হেঁটে হেঁটে গিয়েছি ঘাঙারিয়া। তখন সঙ্গে ছিল আমার ভাইপো এবং আমাদের পরিচিত মদনবাবু। সেখান থেকে হেঁটে গিয়েছিলাম ভ্যালি অফ ফ্লাওয়ার্স। হেমকুণ্ড সাহিব গুরুদ্বোয়ারা যেতে হলেও ঐ ঘাঙারিয়া হয়ে যেতে হয়। আমরা যেতে পারিনি অবিশ্রান্ত বৃষ্টির জন্য। প্রায় সারাবছরই শিখ তীর্থযাত্রীদের ভীড় লেগে থাকে গোবিন্দঘাটে। আজকাল আবার ঘাঙারিয়া পর্যন্ত হেলিকপটার চালু হয়েছে। বেশ কিছু হোটেল আছে গোবিন্দঘাটে। এরকমই একটা হোটেলের সামনে গাড়ি রেখে আমরা তিনদিন পরে ফিরে ঐ হোটেলেই রাত কাটিয়েছি।

হরিদ্বার থেকে বদ্রী যাত্রায় অনেকেই যোশীমঠে রাত কাটিয়ে থাকেন। যোশীমঠ প্রাচীন জনপদ, আদি শঙ্করাচার্য এখান জ্যোতির্লিঙ্গ স্থাপন করেন, যা দ্বাদশ জ্যোতির্লিঙ্গের অন্যতম। এছাড়া বদ্রীনাথজীর শীতকালীন পূজার্চনা হয় এই যোশীমঠে। তখন অনেক পর্যটনপ্রেমী বারো কিলোমিটার দূরের আউলিতে আসেন তুষারপাত দেখতে। অনেক হোটেল, লজ রয়েছে যোশীমঠে। আমরা প্রথমবার যখন এসেছিলাম ১৯৯০ সালে বদ্রীনারায়ণ দর্শনে তখন যোশীমঠে যাত্রাবিরতি করতে হয়েছিল। ছিলাম বিড়লা গেস্ট হাউসে। এবার যোশীমঠে থাকার কোন পরিকল্পনা নেই, উখিমঠে রাত কাটাব ঠিক

করেছি। আমরা যোশীমঠ, চামোলি পেরিয়ে গোপেশ্বর হয়ে চোপতার রাস্তা ধরলাম। বেশ খানিকটা পথ গভীর জঙ্গলের মধ্য দিয়ে গেছে – মণ্ডল বনাঞ্চল।

চোপতা উপত্যকার খ্যাতি ভারতের সুইজারল্যাণ্ড হিসাবে। এদিক সেদিক ছড়িয়ে আছে বেশ কিছু ইকো ক্যাম্প - সারা বছর ট্রেকারদের আনাগোনা সেগুলিতে। চোপতা থেকে একটা হাঁটাপথ উঠে গেছে চার কিলোমিটার দূরের তুঙ্গনাথ, ভারতের উচ্চতম শিবমন্দির। ঘোড়া, খচ্চরও মেলে এ পথে। তুঙ্গনাথ থেকে আরো দু' কিলোমিটার চড়াই ভেঙে অনেক ট্রেকার যান চন্দ্রশিলা – হিমালয়ের ৩৬০ ডিগ্রী অবাধ দর্শনের জন্য। চোপতায় দ্বিপ্রাহরিক আহার সেরে আমরা রওনা হলাম উখিমঠের উদ্দেশে। পথে পড়ে বানিয়াকুণ্ড, মক্কু-বেন্ড, টালা। টালা থেকে একটা রাস্তা ডানদিকে বেঁকে গেছে সারি। সারি থেকে চার কিলোমিটার চড়াই ভেঙে হেঁটে যেতে হয় দেওরিয়াতাল। রোদ ঝলমল দিনে দেওরিয়াতালের জলে প্রতিবিম্বিত হয় কেদার, চৌখাম্বার চূড়া। আর চাঁদনি রাতে সেই ঝিলের জলে নাকি দেবদেবীরা জলক্রীড়া করেন।

টালা থেকে আরো দশ কিলোমিটার এগিয়ে উখিমঠ। কেদারনাথ ও মদমহেশ্বরের বিগ্রহ শীতকালে এখানের ওঙ্কারেশ্বর মন্দিরে নামিয়ে আনা হয়। উখিমঠ পুরোহিতদের গ্রাম, এখন আধা শহরের চেহারা নিয়েছে। এখানে ভারত সেবাশ্রম সংঘের শাখা আছে। আছে প্রণবানন্দ বিদ্যাপীঠ – সেখানে কিছু বাঙালি শিক্ষক শিক্ষিকা আছেন। আছে দু তিনটি হোটেল। তারই একটি কে.পি.রেসিডেন্সি আমাদের পছন্দ হল। সন্ধ্যা নামার আগে দেখে এলাম ওঙ্কারেশ্বর মন্দির।

সঞ্জয় কুণ্ডু

সন্ধ্যায় হালকা শীতের আমেজ নিয়ে বারান্দায় বসে দূরের পাহাড়ে গুপ্তকাশীর আলোকমালা দেখতে দারুন লাগে।

দশমীর সকাল হল কেদারশৃঙ্গের উপর সূর্যের প্রথম আলোর বিচ্ছুরণ দেখতে দেখতে। নরম লাল থেকে সোনালী আলোর কারুকাজ। এবার স্নান টান সেরে আবার পথ চলা, গাড়িতে। সাত কিলোমিটার টানা অবতরণের পর কুণ্ড। কুণ্ড থেকে ডানদিকে মন্দাকিনীর সেতু পেরিয়ে গুপ্তকাশী, শোনপ্রয়াগ হয়ে কেদার যাওয়ার পথ। আমরা সেতু না পেরিয়ে মন্দাকিনীকে ডানহাতে রেখে অগস্ত্যমুনি হয়ে রুদ্রপ্রয়াগে ফিরে এলাম। GMVN রেস্তোরাঁয় প্রাতরাশ করছিলাম। পরিবেশনকারী আমাদের চিনতে পারল। বলল এই যে আপনারা সুস্থ শরীরে নির্বিঘ্নে দর্শন করে ফিরতে পারলেন এটা বদ্রীনাথজীর অসীম কৃপা। আমাদের যাত্রা এতই সহজ হয়েছিল যে তখন এ কথার গুরুত্ব বুঝতে পারিনি। বুঝেছি পরে, যখন আবার চেষ্টা করেও বদ্রী পৌঁছাতে পারিনি, ধ্বসে পথ বন্ধ থাকায় ফিরে আসতে হয়েছে।

প্রাতরাশ সেরে শ্রীনগরের পথ ধরলাম, যাবো পৌড়ি। শ্রীনগরে এইচ.এন.বহুগুনা বিশ্ববিদ্যালয়ের সামনে আমাদের কন্যা পায়েল অপেক্ষা করবে। মুম্বইয়ে একটা কাজে আটকে পড়েছিল বলে এযাত্রায় আমাদের সাথে বদ্রী যেতে পারেনি। আগের রাতে ছিল হরিদ্বারের হোটেলে। এই শেষ দিনে আমাদের সাথে পৌড়ি যাবে। পৌড়িতে শহরের কেন্দ্রস্থলে হোটেল সান-অ্যাণ্ড-স্নো, সেখানে দুটো কামরা পেয়ে গেলাম। পাহাড়ের ঢালে স্তরে স্তরে গড়ে উঠেছে ছবির মত সুন্দর জেলা সদর পৌড়ি। পৌড়ি থেকে মেঘমুক্ত দিনে ১৮০ ডিগ্রী জুড়ে দেখা যায় তুষারমুকুট শোভিত হিমালয়ের পর্বতশৃঙ্গ। বহু

হিমালয়প্রেমী গাঢ়োয়ালের অন্দরে কন্দরে ঘুরে হরিদ্বার ফেরার আগে একটা দিন পৌড়িতে কাটিয়ে যান। বিকেলে দেখে এলাম পাহাড়চূড়ায় কন্ডোলিয়া মন্দির, সানসেট পয়েন্টে সূর্যাস্ত। সন্ধ্যায় বাজার দিয়ে হাঁটতে হাঁটতে পায়ে পায়ে পৌঁছে গেলাম রামলীলা ময়দানে। সেখানে তখন লোকারণ্য, রাবণ পোড়ানোর তোড়জোড় চলছে। রাত দশটা নাগাদ হোটেলের ছাদ থেকে দেখা গেল রাবণের লেলিহান চিতা।

একাদশীর সকালে উঠে মন ভরে গেল দিগন্তজোড়া বরফশৃঙ্গ দেখে। নন্দাদেবী, ত্রিশূল, নীলকণ্ঠ, কেদার, চৌখাম্বা ইত্যাদির চূড়া একের পর এক ছুঁয়ে যাচ্ছে সকালের নরম রোদ্দুর। বেলা দশটা অব্দি বারে বারে রোদ ঝলমল পাহাড়চূড়া দেখতে দেখতে প্রাতরাশ সেরে রওনা হলাম হরিদ্বারের পথে।

কখন যাবেনঃ গ্রীষ্মে পাহাড় ধোঁয়াশাময়। বর্ষা এড়িয়ে শরৎ প্রকৃষ্ট সময়।

কীভাবে যাবেনঃ হরিদ্বার থেকে গাড়ি ভাড়া নেওয়াই ভাল।

কোথায় থাকবেনঃ সর্বত্র GMVN ট্যুরিস্ট লজ আছে। বদ্রীতে ভারত সেবাশ্রম, উখীমঠে মদমহেশ্বর তোরণদ্বারে প্রাইভেট হোটেল শ্রেয়।

সঞ্জয় কুণ্ডু

দেওরিয়াতাল এবং পেট্রোল ফুরানোর গল্প

দেবপ্রয়াগ থেকে ঋষিকেশের দিকে অবতরণের সময় ৩০ কিলোমিটার এগিয়ে কৌড়িয়ালাতে গাড়ি থামাতে বাধ্য হলাম। এখানে গঙ্গার বাঁকে একটি সুন্দর রেস্তোরাঁ আছে, নাম মীনাক্ষী রেস্টুরেন্ট। আগেও যাতায়াতের পথে বেশ কয়েকবার এখানে থেমে গঙ্গার প্রবহমান ধারা দেখতে দেখতে ডাব বা ঠাণ্ডা পানীয় খেয়েছি। তবে এবারের দাঁড়ানোর কারণ সম্পূর্ণ আলাদা, গাড়িতে পেট্রোল ফুরিয়ে গেছে। সঙ্গে আছে আমার কন্যা পায়েল। দিনটা ১৩ ই মার্চ ২০১৭, উত্তর ভারতের সবচেয়ে বড় উৎসব হোলির দিন, সময় দুপুর দুটা। পরবর্তী পেট্রোল পাম্প কুড়ি কিলোমিটার দূরে, শিবপুরীতে।

সকাল আটটায় বেরিয়েছি উখীমঠ থেকে, গন্তব্য সাড়ে তিনশো কিলোমিটার দূরের মীরাট। সবে একশো চল্লিশ কিলোমিটার অতিক্রম করেছি। উখীমঠ কেদারনাথজীর শীতকালীন বাসস্থান। ভাইফোঁটার পর থেকে মে মাসের প্রথম সপ্তাহ পর্যন্ত কেদারনাথজী উখীমঠের ওঁকারেশ্বর মন্দিরে বিরাজ করেন। এছাড়া মদমহেশ্বরজীর বিগ্রহও সহাবস্থান করে ঐ ছয় সাত মাস। পঞ্চকেদারের দ্বিতীয় কেদার হল মদমহেশ্বর (অথবা মধ্যমহেশ্বর)। উখীমঠ থেকে ২২ কিমি গাড়িতে, তারপর ১৮ কিমি হেঁটে মদমহেশ্বর পৌঁছানো যায়। তৃতীয় কেদার

হচ্ছে তুঙ্গনাথ। উখীমঠ থেকে ২২ কিমি দূরে চোপতা, সেখান থেকে চার কিলোমিটার উত্তুঙ্গ খাড়াই ভেঙে তুঙ্গনাথজীর মন্দির। ঘোড়া বা খচ্চর মেলে এ পথে। তুঙ্গনাথজীর শীতকালীন আবাস মক্কুমঠ। উখীমঠ থেকে চোপতা যাওয়ার পথে মক্কু-বেন্ড পাওয়া যায়। চতুর্থ কেদার হল রুদ্রনাথ, চোপতা থেকে গোপেশ্বরের দিকে ২৫ কিমি এগিয়ে মন্ডল বা গোপেশ্বর থেকে যাওয়া যায়। উভয় দিকেই ২০-২৫ কিমি হাঁটতে হয়। রুদ্রনাথজীর শীতকালীন আবাস গোপেশ্বর। পঞ্চম কেদার কল্পনাথ বা কল্পেশ্বর। চামোলি থেকে যোশীমঠের পথে হেলাঙ্গ, হেলাঙ্গ থেকে ১১ কিমি হাঁটাপথ। কল্পেশ্বর বারোমাস খোলা থাকে।

নদীয়া জেলার কল্যাণীর বাসিন্দা আমি কর্মসুত্রে মীরাটে বদলি হয়ে এসেছি আড়াই বছর আগে। কর্মজীবনের শেষপ্রান্তে ২০১৪ সালে পূজার পর অক্টোবরে ব্যাঙ্ক যখন মীরাটে বদলি করল তখন বেশ অসুবিধার মধ্যেই পড়েছিলাম। সংসার তখন ত্রিভূজ হয়ে গেল – স্ত্রী কল্যাণীতে বাড়িঘর সামলাচ্ছে, মেয়ে মুম্বাইতে পি.এইচ ডি করছে আর আমি মীরাটে ব্যাঙ্কের ঘানি টানছি। যাই হোক সহকর্মী হিসাবে পেলাম কাঞ্চন চৌধুরীকে, আমার সাথেই বদলি হয়ে এসেছিলেন খড়্গাপুর থেকে। কাঞ্চনবাবুর পাহাড়ে ঘোরার নেশা, বিয়ের পরপরই স্ত্রীর সাথে ট্রেক করে এসেছেন পিণ্ডারি গ্লেসিয়ার। আমি পন্তনগরে পড়াশোনা করার সুবাদে ৩৫ বছর আগে নৈনিতাল, আলমোড়া, কৌশানি ঘুরেছিলাম। বিয়ের পরে হনিমুন ট্রিপে কাশ্মীর গিয়ে অমরনাথ ঘুরে এসেছি। পরবর্তীকালে গাড়োয়াল ও কুমায়ুনের বেশ কিছু অঞ্চল ঘোরা হয়েছে।

মীরাটে আসার পর প্রথম সুযোগেই কাঞ্চনবাবু ও আমি দুজনেই দুজনার গাড়ি মীরাটে নিয়ে আসি। ছুটির জন্য মুখিয়ে থাকি, ইচ্ছে গঢ়োয়াল হিমালয়ের অন্দরে-কন্দরে দ্রষ্টব্য স্থানগুলো ভ্রমণের। প্রথম সুযোগ ঘটে ২০১৫ সালের ফেব্রুয়ারিতে। ঈদের ছুটি ছিল সোমবার। রবিবার সকালে রওনা হয়ে, বিজনৌর কোটদ্বার হয়ে ল্যান্সডাউন পৌছাই দুপুর দু'টা নাগাদ। সেদিনটা কাটল গাঢ়োয়াল মণ্ডল বিকাশ নিগমের (GMVN) ট্যুরিস্ট টিপ-ইন-টপ থেকে বরফঢাকা চূড়ার বৃথা সন্ধানে। পরদিন ভোর থেকে দেখা গেল দিগন্ত জুড়ে বরফশৃঙ্গ। দুপুর পর্যন্ত ল্যান্সডাউনে কাটিয়ে সন্ধ্যায় ফিরে আসি মীরাটে। পরবর্তী সফর টিহরি জলাধার, তৃতীয় সফর খিরসু। এই তিনটি সফরে ড্রাইভার সঙ্গে নিয়েছিলাম।

২০১৫ সালের সেপ্টেম্বরে বিশ্বকর্মা পূজার সময় আমার ভাই ও তিন বন্ধু আসে মীরাটে। ওদের নিয়ে হরিদ্বার, ঋষিকেশ, নরেন্দ্রনগর হয়ে আবার গেলাম টিহরি ড্যাম। রাত কাটানো হল চাম্বায় দেবকী প্যালেস হোটেলে, যেখানে প্রথমবার উঠেছিলাম। সেবার আর ড্রাইভার নিইনি, নিজেই পাহাড়ী পথে চালিয়ে নিয়ে গেলাম। ফিরেছি কানাতাল, ধনৌল্টি, মুসৌরি, দেরাদুন হয়ে মীরাটে। এরপর অন্তত দশ-বারো বার গিয়েছি গাঢ়োয়াল হিমালয়ের বিভিন্ন জায়গায়। ড্রাইভারের আর প্রয়োজন হয়নি। কাঞ্চনবাবু সঙ্গে থাকলে পালা করে দুজনে গাড়ি চালিয়েছি, অন্যথায় আপনা হাত জগন্নাথ। ইতিমধ্যে স্ত্রী চার-পাঁচবার, মেয়ে বারতিনেক মীরাট হয়ে গাঢ়োয়ালের পাহাড় ঘুরে গেছে। দু'একবার কুমায়ুনের ভীমতাল, নৈনিতাল, করবেট ন্যাশনাল পার্ক ঘোরা হয়েছে। ২০১৫ সালের ডিসেম্বরে বড়দিনের সময় মা-মেয়ে এসেছিল বরফ পড়া দেখবে বলে। নেট ঘেঁটে সম্ভাব্য জায়গা বাছা

হয়েছিল ধনৌল্টি, চকরাতা। সঙ্গে আমি জুড়েছিলাম পৌড়ি। সেসব জায়গায় একদিন করে কাটিয়েও লেশমাত্র বরফ পাওয়া যায়নি। যদিও শীতভোগ করেছি প্রচুর, তাপমান ছিল শূণ্যের কাছাকাছি। পৌড়িতে সকালে উঠে দেখেছিলাম উইণ্ডস্ক্রীনে কুচি কুচি বরফ জমে আছে।

বরফ পেয়েছিলাম তার দু'মাস পরে ফেব্রুয়ারি ২০১৬-তে, কানাতালে। সেবার রাত্রি এগারোটায় মীরাট থেকে রওনা হয়ে, রুড়কি বাস স্ট্যান্ডে রাত্রি দেড়টা নাগাদ চা খেয়ে আড়াইটা-তিনটার সময় হরিদ্বারে বাঁধানো গঙ্গার পাড় বরাবর এক চক্কর ঘুরে ঋষিকেশ, নরেন্দ্রনগর হয়ে চাম্বা পৌঁছেছিলাম সকাল সাতটায়। সেদিন সারাদিন ধরে টিপ টিপ বৃষ্টি। রাত যত বেড়েছে বৃষ্টি ততই জোরালো হয়েছে, সঙ্গে হিমেল হাওয়ায় হাড় কাঁপানো শীত। পরদিন কানাতাল, ধনৌল্টি, মুসৌরি হয়ে মীরাট ফেরার কথা। চাম্বা থেকে কানাতাল ষোল কিলোমিটার পথ, দশ কিলোমিটার এগোতেই দেখলাম রাস্তার দুপাশে গত রাতে পড়া বরফ জমে আছে। কোনোমতে বরফের উপর গাড়ি চালিয়ে আরো দু'তিন কিলোমিটার এগোনো গেল। স্থানীয় ট্রেকার, জীপ ড্রাইভারেরা আর এগোতে নিষেধ করল। বলল সামনে থেকে কোনো গাড়ি এলে পাশ দেওয়ার জন্য বরফের উপর গাড়ি তুলতে হবে। তাতে চাকা পিছলে যাওয়ার সমুহ সম্ভাবনা। অগত্যা যে পথে এসেছিলাম সেই পথেই ফিরতে হল। চরাচর বরফে ঢাকা, পাহাড়ের ধাপে ধাপে বরফ যেন এক বিশাল স্টেডিয়ামের সাদা গ্যালারি রচনা করেছে। গাছপালার ডালে ডালে বরফ জমে ছিল, রোদ্দুর লেগে টুপটাপ করে বরফ গলা জল পড়ছিল গাছ থেকে। আমরা সমতলবাসী, আমাদের কাছে সে এক বিরল দৃশ্য।

মার্চের দশ তারিখ (২০১৭) শুক্রবার পায়েল এসেছে মুম্বই থেকে মীরাটে। শনিবার ভোর পাঁচটায় আধো অন্ধকারে মেয়েকে নিয়ে রওনা হলাম উখীমঠের উদ্দেশে। আলো ফুটল রুড়কি ঢোকার মুখে। সকাল সাতটার সময় হরিদ্বারে বাঁধানো গঙ্গার তীরে দাঁড়িয়ে চা খেয়ে রওনা হলাম ঋষিকেশ হয়ে দেবপ্রয়াগ, রুদ্রপ্রয়াগ এর দিকে। পথে শিবপুরীতে নাস্তা, শ্রীনগরে ট্যাঙ্ক ভর্তি পেট্রোল নিলাম। সাধারণত শ্রীনগরে পেট্রোল ভরলে অধিকাংশ পাহাড়ী গন্তব্য ছুঁয়ে এসে ফিরতি পথে আবার শ্রীনগর আসতে অসুবিধা হয় না। রুদ্রপ্রয়াগে GMVN ক্যান্টিনে ভাত খেলাম। এই ক্যান্টিনে খেতে খেতে মন্দাকিনী-অলকানন্দার সঙ্গম দেখা যায়। তার টানে যতবার এ পথ দিয়ে গেছি এই ক্যান্টিনে কিছুক্ষণ কাটিয়ে গেছি।

তিনটে নাগাদ রওনা হলাম উখীমঠ পানে। ৪২ কিমি পথ, দু' ঘন্টার বেশী লাগার কথা নয়। কিন্তু বিধি বাম। সেদিনেই ছিল উত্তরাখণ্ডের বিধানসভা নির্বাচনের ভোটগণনা। পথে পড়ে অগস্ত্যমুনি, সেখানে রুদ্রপ্রয়াগ জেলার ভোটগণনা চলছিল। আমরা যখন অগস্ত্যমুনি পৌঁছালাম তখন বিজেপি প্রার্থীর জয় ঘোষিত হয়েছিল আর বিশাল বিজয়মিছিল বের হয়েছিল। অগস্ত্যমুনি পেরোতে প্রায় একঘন্টা সময় নিল, সাধারণ দিনে যে পথ পনেরো মিনিটে পার হওয়া যায়। উখীমঠ পৌঁছাতে প্রায় ছ'টা বেজে গেল। প্রথমেই ওঙ্কারেশ্বর মন্দিরে গিয়ে কেদারনাথজী ও মদমহেশ্বরজীর বিগ্রহ দর্শন করলাম।

তারপর গেলাম এক কিলোমিটার দূরে কে.পি.রেসিডেন্সী হোটেলে। এটা ভারত সেবাশ্রম সংঘের উল্টোদিকে, মদমহেশ্বরগামী রাস্তার শুরুতে। অক্টোবর ২০১৬-তে পূজার সময় এই হোটেলে প্রথম আসি।

সেবার এসেছিলাম উল্টোদিক থেকে – বদ্রীনাথ দর্শন সেরে যোশীমঠ-গোপেশ্বর-চোপতা হয়ে। সঙ্গে ছিল পায়েলের দাদু-দিদা ও মা। সেবার পায়েলেরও আসার কথা ছিল, হয়ে ওঠে নি। বাজেট হোটেল, পরিষ্কার-পরিচ্ছন্ন, গরম জল, লেপ কম্বল সবই আছে। ফোন করে রেখেছিলাম, ওরা আমাদের পছন্দমত দোতলার একটি কামরা দিল। এদের খাওয়ার রেট বেশী তাই গতবার পাশের এক রেস্তোরাঁয় খেয়েছিলাম। কিন্তু এবারে হোটেলে ঢোকার পর থেকেই শুরু হয়ে গেছে বৃষ্টি, তাই রাতের খাবার হোটেলেই খেলাম। রাত যত বাড়ছে, বৃষ্টি তত বাড়ছে – সঙ্গে হিমেল হাওয়ার দাপট। হোটেলের লেপ কম্বল তার উপর মীরাট থেকে আনা কম্বল মিলিয়ে ত্রি-স্তরের নীচে সোয়েটার গায়ে ঢুকে পড়লাম। সারারাত বৃষ্টি চলল অঝোর ধারায়। গুগলের পূর্বাভাস ছিল পরদিন আকাশ পরিষ্কার থাকবে।

সকালে যখন ঘুম ভাঙে তখনও বৃষ্টি পড়ছে গুঁড়ি গুঁড়ি। চায়ের সরঞ্জাম, ইলেকট্রিক কেটলি সঙ্গে নিয়েই বেরিয়েছি। গরম জলে স্নান সেরে সকাল আটটা নাগাদ বেরিয়ে পড়লাম, তখন বৃষ্টি থেমেছে। গন্তব্য পনেরো কিলোমিটার দূরের সারি ভিলেজ, সেখান থেকে খাড়া চার কিলোমিটার চড়াই ভেঙে দেওরিয়াতাল। সেই ঝিলে দেবতারা নাকি স্নান করতে আসেন। মেঘমুক্ত পরিষ্কার দিনে কেদারশৃঙ্গ ও চৌখাম্বার প্রতিফলন হয় ঝিলের জলে। চোপতাগামী পথে দশ-বারো কিলোমিটার গিয়ে টালা, টালা থেকে বাঁদিকে বেঁকে গেছে সারির পথ। রাস্তা আড়াল করে দাঁড়ানো কয়েকটা মেঘ ভেদ করে যেতে হল। আধাআধি পথ গিয়ে ডানদিকে দূরে পাহাড়চূড়ায় সদ্য পড়া বরফ দেখা যাচ্ছিল। পরে জেনেছি ওদিকেই তুঙ্গনাথ ও চন্দ্রশিলা। ন'টার কিছু আগেই পৌঁছে গেলাম সারি গ্রামে। শেষ দুই কিলোমিটার পথের

ডাইনে বাঁয়ে বেশ কিছু রডোডেনড্রন গাছভর্তি লাল ফুল দেখা গেল। গ্রামে ঢুকতেই ডানহাতে একটা রুটি পরোটার দোকান। গাড়ি ওখানেই দাঁড় করিয়ে আলু পরোটা দিয়ে প্রাতরাশ সারলাম। আরো তিনশ মিটার এগিয়ে ডানদিকে খাড়া উঠে গেছে দেওরিয়াতালের পথ।

প্রথম দু' কিলোমিটার পেরোতেই দেখলাম রাস্তার ধারে, ঝোপের উপর, গাছের ডালে কুচি কুচি বরফ পড়ে আছে, আগের রাতে পড়া টাটকা বরফ। তারপর থেকে যত উঁচুতে উঠছি, বাড়ছে রডোডেনড্রনের সংখ্যা আর বরফের পরিমান। গাছের ডালে ডালে বরফ, পাতায় পাতায় বরফ, ঢালু ছাদে বরফ, রাস্তার দু'পাশে বরফ। রোদ্দুর লেগে বরফ গলছে, টুপটাপ জল ঝরছে গাছের নীচে। মাঝে মাঝেই গাছের ডাল থেকে ঝুরঝুর করে বরফ সরকে সরকে পড়ছে। হাতের লাঠি দিয়ে পাশের ঝোপগুলো দুলিয়ে দিলে ঝুরঝুর করে বরফ পড়ছে মাটিতে। সমতলবাসী মেয়ে আমার এহেন দৃশ্য প্রথম দেখছে – প্রচুর ফটো তোলা হচ্ছে। ঘন্টাখানেক ধরে বরফের রাজ্যে হাঁটার পর দেওরিয়াতাল ঢোকার মুখে কয়েকটা দোকান। দোকানের চালার উপর বরফের আস্তরণ। ভিতরে গরম চা, কফি, বিস্কুট, ক্যাণ্ডি, ম্যাগি ইত্যাদির পশরা। সেসব পেরিয়ে ঝিলে ঢোকার ঠিক মুখেই প্রায় দু' ফুট বরফের আস্তরণ। নীচু জায়গায় তিন চার ফুট বরফ জমেছে। লাল রডোডেনড্রন ফুলের মাথায় সাদা বরফের টুপি। পায়েল বললো ফুলগুলো যেন সব সান্তাক্লজ হয়ে রয়েছে। ঝিলের জল অবশ্য জমে বরফ হয়নি। তবে চারপাশের পাড় গড়ে একফুট বরফে ঢাকা। এরই মাঝে দেখা গেল একদল ছেলেমেয়ে বরফ সরিয়ে তাঁবু খাটানোর তোড়জোড় করছে – রাত কাটাবে এই বরফের রাজ্যে।

পরদিন উত্তরাখণ্ডে হোলি, অনেকে আবীর, ফাগ নিয়ে এসেছে। হাওয়ায় উড়িয়ে দিচ্ছে লাল, সবুজ ফাগ – দুধসাদা বরফ রঙীন হয়ে উঠছে।

ঝিলের চারপাশ টহল দিয়ে এলাম। আকাশে মেঘের আনাগোনা। দূরের কেদার রেঞ্জ, চৌখাম্বা দৃশ্যমান নয়, তাই ঝিলের জলে কেদার-চৌখাম্বার প্রতিফলন দেখার সৌভাগ্য হল না। একসময় ঝিরি ঝিরি বৃষ্টি শুরু হল – বৃষ্টি নয়, সাবুদানার মত গুঁড়ি গুঁড়ি বরফ। এতে জামাকাপড় ভেজে না – মাঝে মাঝে ঝেড়ে ফেললেই চলে। আরো কিছুক্ষণ পরে সাবুদানা বড় হয়ে কুচি কুচি বরফ পড়তে শুরু হল – হাওয়ায় ভেসে ভেসে যাচ্ছিল দেবদারু পাতার মত। মেয়ে দু'হাত ছড়িয়ে নাচের মুদ্রা তুলল। একসময় তুষারপাত থামল, একটু রোদের আভাস দেখা গেল। ঘন্টাদুয়েক ছিলাম দেওরিয়াতালে, প্রায় বারোটা পর্যন্ত। পাহাড়ে বারোটার পর আবহাওয়া খারাপ হওয়ার সম্ভাবনা, তাই অনিচ্ছাসত্ত্বেও অবতরণ শুরু করতে হল। ঝিলের জলে কেদারের প্রতিফলন দেখা হল না, তবু যেটুকু পেলাম সেটাও সমতলবাসীদের পক্ষে অনন্য প্রাপ্তি।

দেড়টা নাগাদ নীচে নেমে এলাম সারি গ্রামে। আবহাওয়া তখন অনেক পরিষ্কার, রোদ্দুর উঠেছে। খাবার দোকানে ডাল ভাত সব্জির অর্ডার দিয়ে রোদ্দুরে পিঠ রেখে জামাকাপড় শুকিয়ে নিলাম। জুতো মোজাও রোদ্দুরে শুকানো হল। খাওয়া-দাওয়ার পর তিনটার সময় রওনা হলাম চোপতার পথে।

সারি আসার সময় খবর পাওয়া গেছিল চোপতা পর্যন্ত গাড়ি যাচ্ছে না, বরফ জমে রাস্তা বন্ধ। ঠিক করলাম ঐ পথে যতদূর গাড়ি নিয়ে

যাওয়া যায় ততদূর যাব। সারি থেকে চোপতা প্রায় দু' হাজার ফুট উঁচুতে, দেওরিয়াতালের চেয়েও প্রায় আটশো ফুট উঁচুতে। দেওরিয়াতালেই যখন এত তুষারপাত হয়েছে গত রাত্রে, চোপতার পথেও বরফ থাকাই স্বাভাবিক। সারি থেকে সাড়ে ছয় কিলোমিটার এগিয়ে মক্কু-বেণ্ড। এখান থেকে ডানদিকে একটা রাস্তা গেছে মক্কুমঠ - তুঙ্গনাথজীর শীতকালীন আবাস। দুটো চা-পরোটা-ম্যাগির দোকান আছে। খবর পাওয়া গেল বানিয়াকুণ্ড অবধি আরো চোদ্দ কিলোমিটার রাস্তা খোলা হয়েছে, ট্রেকার যাচ্ছে। এখানের ট্রেকার মানে মাহিন্দ্র ম্যাক্স বা টাটা সুমো, এদের গ্রাউণ্ড ক্লিয়ারেন্স প্রাইভেট কারের চেয়ে বেশী, চাকাও বড়। তাদের একজন বলল যেতে পারেন বানিয়াকুণ্ড অবধি, তবে উল্টোদিক থেকে গাড়ি এলে বরফের উপর নেমে পাশ দিতে হবে। পায়েলের খুব ইচ্ছে বরফ ঢাকা রাস্তার উপর দিয়ে যাওয়ার। আরো দু' কিলোমিটার এগিয়ে গেলাম। যেখান দিয়ে গাড়ির টায়ার গেছে সেখানে বরফ কাদায় মাখামাখি পিচ রাস্তার আভাস, দু'পাশে এবং মাঝখানে জমাট বরফ - খানাখন্দ কিচ্ছু বোঝার উপায় নেই। যে কোনো মুহূর্তে বিপদ ঘটতে পারে। তার উপর পুরানো টায়ার - খাঁজগুলো ঘষটে গিয়ে প্রায় সমতল। একটু প্রশস্ত জায়গা পেয়ে গাড়ি ঘুরিয়ে নিলাম। সন্ধ্যার আগেই ফিরে এলাম উখীমঠ।

হোটেলের সামনেই ভারত সেবাশ্রম সংঘ পরিচালিত স্কুল। কয়েকজন বাঙালি শিক্ষক শিক্ষিকা এই স্কুলে পড়ান। আধ কিলোমিটার চড়াই ভেঙে বাজারে গেলাম। বাস ও ট্রেকার স্ট্যাণ্ড বাজারের কেন্দ্রস্থলে। নিত্যপ্রয়োজনীয় যাবতীয় জিনিস পাওয়া যায়। সেদিন আকাশ পরিষ্কার, শীতভাবও কম। বাজার যাতায়াতের পথে উল্টোদিকের

পাহাড়ে গুপ্তকাশীর আলোকমালা বড় সুন্দর লাগে। সারাদিনের ক্লান্তির পর রাতের খাবার খেয়ে ঘুম আসতে দেরি হয় না।

পরদিন ১৩ই মার্চ হোলি। পরিস্কার ঝকঝকে সকাল। হোটেলের বারান্দা থেকেই কেদারশৃঙ্গ দৃশ্যমান। লালচে নরম রোদে মাখা কেদারচূড়া ধীরে ধীরে সোনালি থেকে রূপালি হল। আমরাও ধীরে ধীরে তৈরি হতে থাকলাম। আটটা নাগাদ বেরিয়ে পড়লাম, গন্তব্য সাড়ে তিনশ কিলোমিটার দূরের মীরাট। হোলির দিনে রাস্তায় গাড়ি প্রায় নেই বললেই চলে। দশটার মধ্যে পৌঁছালাম রুদ্রপ্রয়াগ। নিগমের (GMVN) ক্যান্টিনে বসে মন্দাকিনী-অলকানন্দার সঙ্গম দেখতে দেখতে লুচি-তরকারি খাওয়া হল। এই ৪২ কিমি পথে কোনো পেট্রোল পাম্প খোলা পাইনি। পথে শ্রীনগরে দু'টি, মালেথায় একটি ও দেবপ্রয়াগে দু'টি পেট্রোল পাম্প আছে। একে একে সমস্ত পেট্রোল পাম্প পেরিয়ে এলাম। হোলির দিনে সব বন্ধ। দেবপ্রয়াগের পরের পেট্রোল পাম্প পঞ্চাশ কিলোমিটার দূরে শিবপুরীতে। গাড়িতে যেটুকু পেট্রোল অবশিষ্ট আছে তাতে শিবপুরী পৌঁছানো যাবে না। পথে প্রতিটি জনপদে, প্রতিটি দোকানে খোঁজ করতে করতে এলাম কেউ পেট্রোল রাখে কিনা। বৃথা অনুসন্ধান। একজন তো উপদেশ দিল এমন দিনে গাড়ি নিয়ে বেরোনো উচিত হয়নি। শেষ অব্দি কৌড়িয়ালাতে মীনাক্ষী রেস্টুরেন্টের গা ঘেঁষে গাড়ি দাঁড় করিয়ে মানিব্যাগ নিয়ে বাপ মেয়ে গাড়ি তালাবন্ধ করে নেমে পড়লাম। রাস্তার পাশে অপেক্ষা করতে লাগলাম যদি কেউ অনুগ্রহ করে লিফ্ট দেয় কুড়ি কিলোমিটার দূরের শিবপুরী পর্যন্ত। ক্ষুধা-তৃষ্ণা তখন মাথায় উঠেছে।

মিনিট দশ পরে একটা ইনোভা গাড়ি হাত তুলতেই দাঁড়াল। বললাম পেট্রোল শেষ, লিফট চাই শিবপুরী পেট্রোল পাম্প পর্যন্ত। গাড়িতে ড্রাইভার বাদে ছিলেন এক মাঝবয়সী দম্পতি। সঙ্গে মেয়েকে দেখে হয়ত একটু সহানুভূতির উদ্রেক হল। একা থাকলে লিফ্ট পেতাম কিনা সন্দেহ। আধঘন্টা পরে আমাদের নামিয়ে দিলেন শিবপুরী পেট্রোল পাম্পের সামনে। হায়, সে পেট্রোল পাম্পও বন্ধ। পাম্পে গাড়ি ঢোকার রাস্তায় এপ্রান্ত থেকে ওপ্রান্ত দড়ি বেঁধে রাখা হয়েছিল। খোঁজখবর করতে একটি কিশোর, বোধহয় পাহারাদার, বেরিয়ে এসে বলল চাবি রয়েছে ম্যানেজারের কাছে, খুলবে কিনা জানিনা। মালিকের ফোন নম্বর দিয়ে বলল, মালিকের সাথে কথা বলুন। মালিক বললেন, 'ম্যানেজারকে তো বলেছি বিকেলে খোলার জন্য। তবে আজ হোলির দিনে সবাই মৌজ-মস্তি করছে, খোলার মত অবস্থায় আছে কিনা জানিনা।' আমি অনুরোধ করলাম ম্যানেজারকে আর একবার বলতে।

অনতিদূরে একটি স্টেশনারি দোকান চোখে পড়ল। দোকানদারকে বললাম আমাদের অবস্থার কথা এবং বললাম পাঁচ লিটারের একটা খালি ক্যান দিতে। দোকানদারটি বেশ সজ্জন। খালি ক্যান দিয়ে বলল এই যে পাশের বন্ধ দোকানের সামনে চারজন ড্রিংকস্ নিয়ে বসে আছে এদের একজন পাম্পের কর্মচারী, ওকে বলে দেখুন। গেলাম তার কাছে, সে তখন কথা বলার মত অবস্থায় নেই। কোনোমতে বুঝিয়ে দিল চাবি আছে ম্যানেজারের কাছে। বললাম মালিকের সাথে কথা বলুন। আমি মালিককে রিং করলাম, কিন্তু সে কথা বলতে রাজি হল না। অগত্যা ঐ স্টেশনারি দোকানের সামনেই দাঁড়িয়ে রইলাম। খানিক পরে মোটরসাইকেল চড়ে আর একজন এল। দোকানদার বলল এ আরেক পাম্প কর্মী। তার কাছে অনেক

কাকুতি মিনতি করলাম। শেষে বলল, 'মোটরবাইক থেকে দু'লিটার পেট্রোল আমি দিতে পারি।' তাঁকে আবার বোঝালাম দু'লিটার পেট্রোলে আমার গাড়ি ঋষিকেশ অব্দি যাবে না, কমপক্ষে পাঁচ লিটার পেট্রোল চাই। আমাদের সাসপেন্সে রেখে বাবাজীবন মোটরসাইকেল চড়ে কোথায় উধাও হয়ে গেল। মিনিট পনেরো পরে একটা পাইপ এবং তেল মাপার দু'লিটারের একটা চোঙ্গা নিয়ে ফিরে এল। চার লিটার তেল পাওয়া গেল, বাজার দরই নিল। স্টেশনারি দোকানের মালিক উজানে যাওয়া একটা সুইফট গাড়ি দাঁড় করাল, বোধহয় পূর্বপরিচিত। সেই গাড়ি পেট্রোলের ক্যান সমেত আমাদের পৌঁছে দিল কৌড়িয়ালা – চলে গেল দেবপ্রয়াগের দিকে।

একটা চিকেনের দোকান খোলা পেয়ে তার চপার দিয়ে জলের বোতল কেটে ফানেল বানিয়ে গাড়িতে তেল ঢালার চেষ্টা করছিলাম। মহার্ঘ পেট্রোলের কয়েক ফোঁটা গড়িয়ে পড়ল নীচে। তাই দেখে মিনাক্ষী রেস্তোরাঁর ছোকরা একটা নাইলন পাইপ নিয়ে এগিয়ে এল। ক্যান থেকে পাইপের সাহায্যে বিন্দুমাত্র অপচয় না করে গাড়িতে তেল ভরে দিল। এত কাণ্ড করে পুনরায় যখন গাড়ি চালু হল তখন চারটা বাজে।

ফেরার পথে সাড়ে চারটা নাগাদ শিবপুরী পেট্রোল পাম্পের কাছে ঐ স্টেশনারী দোকানের মালিককে ধন্যবাদ দেওয়ার জন্য দাঁড়ালাম। তিনি বললেন আর একটু দাঁড়িয়ে যান – ঐ পেট্রোল পাম্প খুলছে। কাছে গিয়ে দেখলাম পাম্পের সামনে দড়ির ব্যারিকেড খোলার তোড়জোড় চলছে। পনেরো মিনিটের মধ্যে ট্যাঙ্ক ভর্তি পেট্রোল পেয়ে স্বস্তির নিঃশ্বাস ফেললাম। আরো দু'তিন কিলোমিটার এগিয়ে রাস্তার পাশে খাবার দোকান পেয়ে পেটপুরে খেলাম। সন্ধ্যায় হরিদ্বারে

সঞ্জয় কুণ্ডু

গঙ্গারতি দেখে রাত্রি সাড়ে ন'টা নাগাদ মীরাটের ডেরায় ফিরলাম। পাহাড়ী পথে নানান বিচিত্র অভিজ্ঞতার মধ্যে আমাদের দেওরিয়াতাল সফর সমাপ্ত হল।

মহাপ্রস্থানের পথে

এবার চলেছি হর-কি-দুন উপত্যকায়; পাণ্ডবদের মহাপ্রস্থানের পথ ধরে। এ পথে আছে তমসা উপত্যকা বা টন'স ভ্যালি। আছে যমদ্বার গ্লেসিয়ার - যে হিমবাহ পেরোতে গিয়ে একে একে মৃত্যুর কোলে ঢলে পড়েন দ্রৌপদী সহ চার পাণ্ডব। একা যুধিষ্ঠির সারমেয় সঙ্গী করে ঐ হিমশৈল অতিক্রম করে পৌঁছেছিলেন স্বর্গারোহিণী শিখরে।

যাত্রাপথের শুরু দেরাদুন থেকে দু'শ কিলোমিটার দূরের শাঁকরি থেকে (উচ্চতা ৬৪০০ ফুট)। দেরাদুন থেকে মুসৌরী-কেম্পটি হয়ে যমুনোত্রী যাওয়ার যে পথ, সে পথে বারকোট পৌঁছানোর দশ কিমি আগে নৌগাঁও। সেখান থেকে বাঁদিকে বেঁকে যমুনার সেতু পেরিয়ে পুরোলা হয়ে মোরি। মোরি থেকে তমসা (টন'স) নদীকে বাঁয়ে রেখে সতেরো কিলোমিটার উজিয়ে গেলে পড়বে নেতওয়ার। রুপিন ও সুপিন এই দুই ধারা মিলে এখানে তমসা নাম নিয়েছে। রুপিন বয়ে আনছে কিন্নর (হিমাচল) সংলগ্ন উত্তরাখন্ডের বরফ গলা জল আর সুপিন বন্দরপুঞ্ছ-স্বর্গারোহিণী-কালানাগ পর্বতের জলে পুষ্ট। সুপিন এর ধারাটিই প্রবল। আমরা যাব সুপিনের উজানে হর-কি-দুন। প্রথম দিনে জীপ নামিয়ে দিল শাঁকরীতে হোটেল স্বর্গারোহিণীর সামনে বিকেল চারটায়।

সঙ্গের ব্যাকপ্যাক হোটেলে রেখে হাতমুখ ধুয়ে বেরিয়ে পড়লাম শাঁকরী দর্শনে। ছোট্ট ট্রেকিং-সর্বস্ব জনপদ। উঁচু পথের বাঁকে অবস্থিত বলে

অনেক দূর দেখা যায়। শ্যামল পাহাড়ের গায়ে মেঘ-রোদের খেলা দেখতে বেশ লাগে। আর একটি হোটেল আছে, সেখানেও দফায় দফায় ট্রেকার আসছে। কাছেই গাড়োয়াল মণ্ডল বিকাশ নিগমের বাংলো, লোকজন নেই, তদারকির অভাবে পোড়ো বাড়ীর চেহারা নিয়েছে। দু'টি ওষুধের দোকান আছে। চলার পথের সম্ভাব্য প্রয়োজনের পশরা সাজানো দু' তিনটি দোকানে: টর্চ, বর্ষাতি, লাঠি, উলেন, বিস্কুট, লজেন্স, বোতলের জল ও পানীয়। শাঁকরী থেকে দু'টি জনপ্রিয় ট্রেক শুরু হয় – কেদারকণ্ঠ এবং হর-কি-দুন । মে আর অক্টোবর এই দুই মাস ভরা মরসুম। কেদারকণ্ঠ অবশ্য শীতেও যায় অনেকে। আমরা বেছে নিয়েছি এপ্রিলের শেষ সপ্তাহ।

এই যাত্রায় আমার সঙ্গী কলকাতা, মুম্বাই, বাঙ্গালোর, হরিয়ানা থেকে আসা জনা কুড়ি তরুণ-তরুণী। আয়োজক ট্রেক-দ্য-হিমালয়াজ এর পক্ষে আছে ট্রেক-লিডার সন্দীপ, তার তিন সঙ্গী। আর আছে টেন্ট বহন এবং রান্নার জন্য ছ'সাতজনের একটি দল। ওরা অবশ্য আমাদের সাথে হাঁটবেনা, তাঁবু গুটিয়ে খচ্চরের পিঠে চাপিয়ে রওনা হবে আমাদের পরে, আবার পরবর্তী ক্যাম্প-সাইটে আমরা পৌঁছে দেখব ওরা তাঁবু খাটিয়ে উনানে জল চাপিয়ে আমাদের জন্য অপেক্ষা করছে। স্বর্গারোহিণী হোটেলে সান্ধ্য চা চক্রে নিজেদের মধ্যে পরিচয় হল।

দ্বিতীয় দিন সকাল আটটায় রওনা হয়ে একঘন্টা জীপ সফরে পৌঁছালাম তালুকা (উচ্চতা ৬৮০০ ফুট)। সেখান থেকে হাঁটা শুরু। গন্তব্য বারো কিলোমিটার দূরের ক্যাম্প, সীমা গ্রামের কাছে (উচ্চতা ৮৬০০ ফুট)। বাঁদিকে পাশে পাশে চলেছে সুপিন নদী। প্রথমে কিছুটা

উৎরাই, তারপর কখনো চড়াই কখনো উৎরাই। এটি গোবিন্দ পশুবিহার বনাঞ্চলের মধ্যে পড়ে। জঙ্গল কখনো গভীর, কখনো অগভীর। আবহাওয়া মনোরম, দু'একবার গুঁড়ি গুঁড়ি বৃষ্টিতে বর্ষাতি বের করতে হল। পথে দুটো নালা পেরোতে হল, বিভিন্ন উৎস থেকে এই নালাগুলি সুপিন নদীতে মিশেছে। নালা পেরিয়েই ম্যাগি পয়েন্ট। জিরানোর সাথে সাথে পেটপূজার বন্দোবস্ত। ম্যাগি ছাড়াও চা, কফি, ওমলেট, পরোটা পাওয়া যায়। ট্রেকারদের ভরসায় স্থানীয় লোকেরা স্টল দেয়। একটি জায়গায় রডোডেনড্রন (স্থানীয় ভাষায় বুরাংশ) সিরাপ পাওয়া গেল। সেখানে সুপিনের অপরপারে একটি প্রাচীন গ্রাম – গাঙ্গড়। এভাবে চলতে চলতে একসময় পৌঁছে গেলাম সীমা গ্রামের কাছে আমাদের ক্যাম্পে। উল্টোদিকে সুপিনের অপরপারে দেখা যাচ্ছিল এ তল্লাটের সবচেয়ে প্রাচীন এবং বর্ধিষ্ণু গ্রাম ওসলা।

তৃতীয় দিনে পাড়ি দিতে হবে প্রায় চোদ্দ কিলোমিটার পথ। মিনিট পনেরো হাঁটার পর সাঁকোর ওপর দিয়ে সুপিন নদী পার হলাম। এখন সুপিন নদী আমাদের ডানদিকে। ওসলা গ্রামকে বাঁয়ে রেখে বেশ খানিকটা চড়াই ভাঙ্গার পর একটু উৎরাই। একটা নালা পড়ল, নালার জলে টারবাইন ঘোরানোর ব্যাবস্থা আছে। সন্দীপ বললো ওটা একটা আটা চাকি। এরপর বেশ খানিকটা সমতল। গমের খেত সেখানে। বড় বড় পাথর ছড়িয়ে ছিটিয়ে আছে। সেখানে একটা ম্যাগি পয়েন্ট। এখান থেকে পরিষ্কার দেখা যায় স্বর্গারোহিণী। ঘন্টাখানেক চলার পর আর একটা নালা। নালার পাশে আর একটা ম্যাগি পয়েন্ট। ফের চড়াই, রডোডেনড্রন বনের মধ্য দিয়ে পথ। তখনও কিছু লাল রডোডেনড্রন ফুটে রয়েছিল। সেসব পার হয়ে পৌঁছালাম কল্লিতিয়াধার চারণভূমি। শুরুতেই দেখলাম একটা খচ্চরের কঙ্কাল।

ট্রেক-লিডার সন্দীপ বলল ওটাকে চিতাবাঘে মেরেছে। এবার এ যাত্রার কঠিনতম চড়াই। স্বর্গারোহিণী বন্দরপুঞ্ছ এর শোভা দেখতে দেখতে একসময় সেটাও অতিক্রম করলাম। এসে পৌঁছলাম চামোটা জলপ্রপাতে। জলার ধারে একটা ম্যাগি পয়েন্ট। কাঠের গুঁড়ির উপর বসে জিরিয়ে নিলাম। হাওয়ায় উড়ে আসছিল জলকণা। শ্রান্ত পথিকদের উপর শান্তিবারি। খুন্নিবৃত্তির পর আবার পথ চলা। থামার উপায় নেই, আকাশ ছেয়ে আসছে কালো মেঘ। ভাগ্য ভাল, অল্প ভিজিয়ে মেঘ উড়ে গেল অন্যদিকে। আরো ঘন্টাখানেক হাঁটার পর শেষ ট্রি-লাইন অতিক্রম করে অবশেষে পৌঁছে গেলাম হর-কি-দুন ক্যাম্প (১০৭০০ ফুট)। তখন প্রায় চারটা বাজে।

সুপিনের দুই তীরে প্রায় এক কিলোমিটার জুড়ে সমতল। আমাদের ক্যাম্প ছাড়াও আরো দুটো দল ছাউনি ফেলেছে সেখানে। সবার তাঁবুর রং আলাদা। মেঘ কেটে গিয়ে রোদ দেখা দিয়েছে। বাঁয়ে খাড়া পাহাড়, নিবিষ্ট নজরে চোখে পড়ে একপাল ছাগল চরে বেড়াচ্ছে। কারো পোষা নয়, নেকড়ে-চিতার সঙ্গে লড়াই করে এদের বেঁচে থাকা। ডাইনে ছলছল বয়ে যাচ্ছে সুপিন, তার কোল ঘেঁষে রান্নার তাঁবু ফেলা হয়েছে। ডানদিকে অনতিউচ্চ পাহাড়, মাথায় বরফ। বেশ খানিকটা দূরে স্বর্গারোহিণী, বন্দরপুঞ্ছ, কালানাগ; আপাদমস্তক বরফে ঢাকা। রোদ্দুর ছিল বলে তাপমান সহনীয়। ট্রেক-লিডার সন্দীপের কড়া নির্দেশ যতই ক্লান্ত হও কেউ তাঁবুতে ঢুকে শুয়ে পড়বে না, হাঁটাচলা করো, জগিং করো, পরিবেশের সাথে খাপ খাইয়ে নাও।

চা-পকোড়া খেয়ে কয়েক জন গেলাম একটু উঁচুতে দুটো পাকা বাড়ী দেখতে। একটা GMVN বাংলো, অপরটি PWD ডিপো। কাছাকাছি

টিলার উপর একটা শিবমূর্তি। সেখান থেকে ক্যাম্পগ্রাউন্ড অতি মনোরম দেখায়। পিছনে বহুদূর বিস্তৃত চারণভূমি দেখা যাচ্ছিল, মাঝখান দিয়ে চিকচিক করছে বরফ গলা জলের রেখা। তার পিছনে স্ব-মহিমায় দাঁড়িয়ে স্বর্গারোহিণী-বন্দরপুঞ্ছ-কালানাগ। ওরই পাদদেশে কোথাও আছে যমদ্বার গ্লেসিয়ার। পরের দিন আমাদের যাত্রা ঐ পথে। ঈশ্বরের অসীম করুণায় এইরকম সুন্দর এক জায়গায় রাত কাটানোর সুযোগ পেয়েছি।

পরদিন সকালে তাঁবুর চেন খুলে বেরিয়ে দেখি কুচিকুচি বরফ জমে রয়েছে তাঁবুর চালে। আরো একটা রোদ ঝলমল দিন পাওয়া গেল। যমদ্বার গ্লেসিয়ার এর দিকে রওনা হলাম। বেলা বারোটা অব্দি প্রায় ছ' কিলোমিটার এগিয়েছিলাম। এলোমেলো পড়ে থাকা বোল্ডারের উপর সন্তর্পণে পা ফেলে এগোতে হয়। আবহাওয়া খারাপ হতে শুরু করল, ফিরে এলাম ক্যাম্পে। সে রাতেও হর-কি-দুন এ থাকা হল। পরদিন ওসলা সোমেশ্বরনাথ মন্দির হয়ে, ওসলাবাসীদের ধীর লয়ে চলা জীবন যাপনের টুকরো ছবি মনে গেঁথে ফিরলাম সীমা। পরের দিন তালুকা হয়ে শাঁকরী।

কিভাবে যাবেনঃ হাই অল্টিচিউড ট্রেকিং এ নিয়ে যায় এমন দু'টি নির্ভরযোগ্য সংস্থা Indiahikes, TTH; এদের দেরাদুন থেকে দেরাদুন প্যাকেজ কমবেশী দশ হাজার টাকা পড়ে জনপ্রতি । ইন্টারনেটে বুকিং হয় ।

কারা যেতে পারবেনঃ পনেরো থেকে পঁয়ষট্টি বছরের নারী পুরুষ, যাদের হাঁটুর কোন সমস্যা নেই এবং তাঁবুতে রাত কাটাতে দ্বিধা নেই।

প্রকৃষ্ট সময়ঃ মে এবং অক্টোবর মাস।

আবার গঙ্গোত্রী

১২ ই মে ২০১৭ নয়াদিল্লী স্টেশনে শিয়ালদহ রাজধানী এক্সপ্রেস সূচি অনুসারে কাঁটায় কাঁটায় সকাল ১০টা ৪০ মিনিটে ঢুকেছে। আমি গাড়ি নিয়ে ঘুরপাক খাচ্ছি স্টেশনের এক কিলোমিটারের মধ্যে। গুগল ম্যাপ কখনো দেখাচ্ছে আজমীরি গেট ১ কিমি, কখনো দেখাচ্ছে ৩ কিমি দূরে। আগেও গাড়ি নিয়ে স্টেশনে এসেছি বেশ কয়েকবার, প্রতিবারই ড্রাইভার সঙ্গে নিয়ে। গত আড়াই বছরে গাঢ়োয়াল পাহাড়ের রাস্তা রপ্ত করেছি কিন্তু নয়াদিল্লির রাস্তা রপ্ত হয়নি। শেষমেষ মিনিট দশেক অপেক্ষা করতে হল শর্মিলাদিদি ও অশোকদাকে। আমিই ওঁদের ডেকেছিলাম ছুটির নিমন্ত্রণে, পাহাড়ে ঘোরাব বলে। মাত্র তিনটি দিন সময় দিয়েছেন। তারপর হরিদ্বার থেকেই পাড়ি দেবেন মুম্বই, মেয়ের কাছে। মীরাট পৌঁছাতে একটা বেজে গেল। দীর্ঘ দগ্ধ দিন। যাত্রাপথের ক্লান্তি এড়াতে স্নান সেরে নিলাম একে একে। খাওয়ার জন্য গেলাম চৌধুরি চরণ সিং বিশ্ববিদ্যালয়ের অদূরে সেন্ট্রাল এক্সাইজের ক্যান্টিনে। আড়াইটা নাগাদ রওনা দিলাম হরিদ্বারের দিকে। ইতিমধ্যে ঠিক হয়েছে হাতে যে ক'টা দিন রয়েছে তাতে আমরা গঙ্গোত্রী ঘুরে আসতে পারি। রাতে চাম্বাতে থাকব, দেবকী প্যালেস হোটেলে ফোন করে বলে দিয়েছি আমাদের জন্য তেতলায় ১১৯ নম্বর কামরাটি রাখতে। গুগল বলছে সাড়ে ছ'ঘন্টা লাগবে চাম্বা যেতে, ২৩৫ কিলোমিটার পথ।

ঋষিকেশের টিহরি ড্যাম হাইড্রো-ইলেকট্রিক অফিসের সামনে যখন পৌঁছালাম তখন দিনের আলো ম্লান হয়ে এসেছে। আরো তিন কিলোমিটার এগিয়ে পাহাড়ে ওঠা শুরু, তখন সন্ধ্যা নামছে। পাহাড়ি পথে দিনের তুলনায় রাতে গাড়ি চালানোর সুবিধা আছে। হেডলাইট দেখে বোঝা যায় সামনের বাঁকে উল্টোদিক থেকে কোনো গাড়ি আসছে কিনা। নরেন্দ্রনগর ঢোকার সময় থেকে নীচে দেখা যায় দূরে দেরাদুন জলি গ্রান্ট বিমানবন্দরের আলোকমালা। দারুণ লাগে দেখতে, একমাত্র রাতের সফরেই এই দৃশ্য পাওয়া সম্ভব। ক্রমশ পেরিয়ে এলাম আগ্রা খাল, ফাকোট। আগ্রা খালে মন্দির আছে মা কুঞ্জাপুরী দেবীর। বাংলায় খাল বলতে বোঝায় নীচু জায়গা যেখান দিয়ে জল বয়ে যায়। গাড়োয়ালে খাল হচ্ছে পাহাড়ের সবচেয়ে উঁচু জায়গা। আরো ঘন্টাখানেক পর রাস্তার পাশে একটি ধাবা পেলাম। যাতায়াতের পথে এখানে আগেও খেয়েছি, রাতের খাবার এখানেই খেলাম। রাত্রি ন'টার পর পৌঁছালাম চাম্বায়, হোটেল দেবকী প্যালেস।

সকালে হালকা ঠাণ্ডার আমেজ নিয়ে ঘুম ভাঙল। এই হোটেলে তিনতলার কামরাগুলির সামনে বিশাল খোলা চত্বর। সেখানে বসে বা দাঁড়িয়ে অনেকদূর অবধি দেখা যায় চাম্বার ল্যাণ্ডস্কেপ। হোটেলের পিছনেই পাইন বন। পরিবেশটা এমনই যে অতিবড় বেরসিকও এখানে রোমান্টিক হয়ে ওঠে। উপভোগ করার মত সময় হাতে নেই। গঙ্গোত্রী অব্দি পাড়ি দিতে হবে দু'শো কিলোমিটার পথ, সময় লাগবে প্রায় আট ঘন্টা। মাঝামাঝি উত্তরকাশী, চার ঘন্টার পথ।

প্রথম দশ-বারো কিলোমিটার ডানদিকে টিহরি বাঁধের জল দেখা গেছে। পথে কাণ্ডিখালে প্রাতরাশ সেরে চিন্যালিসৌড়, ধরাসু হয়ে

ভাগিরথীর স্রোত বরাবর উজানে পথ চলা। চিন্যালিসৌড় থেকে বাঁদিকে বেঁকে গেছে দেরাদুনের রাস্তা, আর ধরাসু থেকে বাঁদিকে যমুনোত্রীর রাস্তা। আমরা সোজা যাচ্ছি উত্তরকাশীর পথে। অশোকদার দুর্বলতা দিকনির্দেশের সাইনবোর্ড গুলির উপর। যেখানেই সাইনবোর্ড আসছে গতি কমিয়ে ফটো তোলার সুযোগ দিতে হচ্ছে। আমার দুর্বলতা ল্যাণ্ডস্কেপে। রাস্তা অনেকখানি উঁচুতে, নদীখাত বেশ নীচুতে তাই অনেকদূর নজর চলে। অসাধারণ ল্যাণ্ডস্কেপ। বাঁকে বাঁকে থেমে থেমে ছবি নিচ্ছিলাম। উত্তরকাশী পৌঁছাতে সাড়ে বারোটা বেজে গেল। ওখানেই দুপুরের খাবার খেয়ে নিলাম। গাড়ির মিউজিক সিস্টেমটা গণ্ডগোল করছিল। একটি গ্যারেজে এক পাঞ্জাবী ছোকরা ঠিক করে দিল।

আবার চলা ভাগিরথীর উজানে। তিন চার কিলোমিটার প্রায় সমতল। দুপাশে অজস্র থাকার হোটেল ও খাবার রেস্তোরাঁ। তখন চারধাম যাত্রার ভরা মরশুম, পথে গাড়ির আধিক্য। একঘন্টা পর এল ভাটোয়ারি। এখানে পুলিশ আমাদের আটকে দিল। নাম, গাড়ির নম্বর, মোবাইল নম্বর নথিভুক্ত করতে হবে – সঙ্গে চাই ফটো আইডেনটিটি। কতো গাড়ি যে যাচ্ছে তার আন্দাজ পাওয়া গেল এখানে পনেরো বিশ মিনিট থেকে। ওরা তিনজনের জন্য তিনটি পারমিট দিল। অহেতুক ঝামেলা মনে হয়েছিল। এর উপকারিতা টের পেয়েছিলাম পরে। কেদারে ঘোড়া নিতে এই পারমিট লাগে। বদ্রী যাওয়ার পথে ধস নেমেছে, তার মেসেজ এসেছে মোবাইলে; চারধামের জন্য একই পারমিট। আরো সোয়া ঘন্টা পর এল ঝাল্লা। একটি সেতু পেরিয়ে এলাম, ভাগিরথী এতক্ষণ ছিল ডানপাশে, চলে এল বাঁদিকে। আরো আধঘন্টা পর বাঁদিকে নদীর গা ঘেঁষে প্রশস্ত প্রান্তরে হেলিপ্যাড,

হরশিল রয়ে গেল বাঁদিকে। এবার পথ ক্রমশ উর্দ্ধগামী, সবুজের প্রাচুর্য, ঘনপিনদ্ধ পাইন, চীর। আঁকাবাঁকা পাকদণ্ডী পথ। মনে পড়ে যায় একটি ফারসী আপ্তবাক্য 'পথিক বৃথা করো সন্ধান পথের শেষে, দ্যাখো তোমার 'মঞ্জিল' (লক্ষ্য/গন্তব্য) ছড়িয়ে আছে পথের দুপাশে।' একটু অন্যমনস্ক হয়ে পড়েছিলাম বোধহয়। চড়াই এর মুখে একটা ছোট সাঁকো পেরোতে গিয়ে গাড়ির তলাটা ঠোক্কর খেল, ইঞ্জিন বন্ধ হয়ে গেল। না পারছি এগোতে, না পারছি পিছোতে। অবশেষে দাদা দিদিকে নামিয়ে অন্য গাড়ির চালকদের সহায়তায় উদ্ধার পাওয়া গেল। কিন্তু গাড়ির মিউজিক সিস্টেম নিশ্চুপ হয়ে গেল।

ভৈরোঁঘাটি পেরিয়ে এলাম। সেখান থেকে গঙ্গোত্রী দশ কিলোমিটার পথ। গতবছর দেখে গেছলাম চওড়া করার কাজ চলছে। এবারেও সেই কাজ সম্পূর্ণ হয়নি। ধুলিধূসরিত হয়ে গঙ্গোত্রী পৌছালাম সাড়ে পাঁচটায়। এখানে দিনের আলো বহুক্ষণ থাকে, সূর্যাস্ত হয় পৌনে আটটায়, সূর্যোদয় অবশ্য সাড়ে পাঁচটাতেই হয়। আমাদের প্রথম কাজ হোটেল খোঁজা। পছন্দসই যে হোটেল চোখে পড়ছে তা আগেই ভরে গেছে। অবশেষে একটা মাঝারি মানের হোটেলের নীচের তলায় একটি কামরায় ঢুকে পড়লাম। চাইলে গরম জল দেবে বালতি ভরে। রাতের খাবার অদূরেই একটি হোটেলে খেয়ে নিলাম।

পরদিন সকালে আমি ও অশোকদা ভাগিরথীর সেতু পেরিয়ে ওপারের গ্রামের দিকে পাণ্ডব গুহার সন্ধানে প্রায় দু'কিলোমিটার হেঁটে এলাম। গুহার খোঁজ পেলাম না। পাইনগাছে ঘেরা শান্ত প্রকৃতির নির্জনতা উপভোগ করে ফিরে এলাম। একে একে স্নান সেরে গঙ্গাজীর মন্দিরে পূজা দিতে গেলাম। সাতসকালেই বিশাল ভীড়, ঘন্টাখানেক লেগে

গেল। তারপর ব্যাগ গুছিয়ে রওনা হলাম। আধঘন্টা পরে ভৈরোঁঘাটিতে আলু পরোটা খেয়ে এগিয়ে চললাম। হরশিল হেলিপ্যাডে তখন একটা হেলিকপটার নামছে, দু'দণ্ড দাঁড়িয়ে দেখে গেলাম। ভাগিরথীর ধারার সাথে সাথে, বাঁকে বাঁকে পাহাড়ের ভিন্ন ভিন্ন রূপ দেখতে দেখতে দেড়টায় পৌঁছে গেলাম উত্তরকাশী। প্রথমেই গ্যারেজে খোঁজ নিলাম সেই পাঞ্জাবী ছোকরার, যে আগের দিন গানের যন্ত্র মেরামত করে দিয়েছিল। সে কোথাও বেরিয়ে গেছল, অন্য কেউ হাত দিতে চাইল না। বাস স্ট্যান্ডের কাছে হোটেলে ভাত/রুটি খেয়ে নিলাম।

চাম্বা আরো চার ঘন্টার পথ। আমার ইচ্ছে চাম্বা পেরিয়ে, টিহরি ড্যামের উপর দিয়ে আরো পনেরো কিলোমিটার এগিয়ে পিপলডালিতে রাত কাটানোর। চাম্বা অতিক্রম করে আরো চল্লিশ কিলোমিটার পথ। একে একে পেরিয়ে এলাম চিন্যালিসৌড়, ছাম, স্যাঁসু। কমান্দ গ্রামের শেষ বাঁকে দেখতে পেলাম সেই হোটেল, কমান্দ রেসিডেন্সি, যার নীচে চায়ের দোকানে গতবছর মে মাসে চা খেয়েছিলাম। সামনে সিমেন্টের ছাতা বাঁধানো দেখে চিনতে পারলাম। সুতরাং দাঁড়াতেই হল। চায়ের স্বাদের জন্য নয়, দোকানটির স্থান মাহাত্ম্যে। বহুদূর অবধি দেখা যায় ঢেউ খেলানো পাহাড়, ফলে ফলে ভরা পাইন গাছ। সেখান থেকে দু'ঘন্টা গাড়ি চালিয়ে ছ'টা নাগাদ পৌঁছালাম চাম্বা।

চাম্বায় ঢুকতেই পেট্রোল পাম্প লাগোয়া তিন চারটি গাড়ি সারাইয়ের দোকান। এক দোকানে একটি ছোকরাকে পাকড়াও করলাম সাউণ্ড সিস্টেম মেরামত করতে। আধঘন্টা কেটে গেল। এগিয়ে গেলাম নিউ টিহরি হয়ে টিহরি ড্যামের দিকে। দেখতে দেখতে ড্যাম পেরিয়ে

গেলাম টিপরি। টিপরি থেকে ডানদিকের পথ গেছে দেবপ্রয়াগ, ও পথে যাব পরের দিন। আপাতত বাঁ দিকে পনেরো কিলোমিটার গিয়ে পিপলডালিতে রাত্রিবাসের ইচ্ছে। পিপলডালিতে চেনা হোটেল পেরেন্ট'স ব্লিস-এ পৌঁছে দেখি সব ঘর চারধাম যাত্রীতে পরিপূর্ণ। হতাশ হয়ে অন্য হোটেলে গেলাম। ঘর পেলাম, মন ভরল না।

রাতটুকু কাটিয়ে পরদিন সকালে আমি ও অশোকদা গেলাম স্থানীয় সাসপেনশন সেতুটি দেখতে। প্রায় চারশো মিটার লম্বা সেতু, দুপাশে দুটি পিলারের উপর ভর করা। সেতুটি লাল রং করা, বহুদূর থেকে দেখা যায়। নীচে বেশ কয়েকটা জেলে ডিঙি মাছ ধরছিল। দুর থেকে কাগজের নৌকার মত লাগছিল। ফিরে এসে স্নান সেরে রওনা হলাম দেবপ্রয়াগের দিকে। টিপরি হয়েই যেতে হবে। পথে বাঁকে বাঁকে বিভিন্ন দৃষ্টিকোণ থেকে টিহরি জলাধারকে দেখলাম, ছবি তুললাম, যতদূর পর্যন্ত দেখা যায়। এগিয়ে গেলাম দেবপ্রয়াগের দিকে।

গাড়ির মিউজিক সিস্টেম কিছুদূর সঙ্গ দিল, একটা ঝাঁকুনি খেয়ে স্তব্ধ হয়ে গেল। অশোকদাকে বললাম কিছু আবৃত্তি শোনাতে। আধুনিক কবিতার ছন্দমুক্তির উপর নজরুলের একটা অসাধারণ কবিতা শোনালেন 'মিলের খিল খুলে গেছে........' তারপর শুরু করলেন মাইকেলের মেঘনাদবধ কাব্যের প্রথম থেকে তৃতীয় সর্গ 'সম্মুখ সমরে পড়ি বীর চূড়ামণি ....?' ততক্ষণে আমরা এসে পড়েছি 'চন্দ্রবদনী' মন্দিরের কাছাকাছি। মানে দশ কিলোমিটার উপরে উঠতে হবে, গাড়ি যাবে। তারপর কিছুটা হাঁটা। হাঁটার চক্করে দিদি নেই, তাই চন্দ্রবদনী আজও অধরা রয়ে গেল আমার কাছে। যাক যা গেছে তা যাক্, কত বিধুমুখীই তো অধরা রয়ে গেল এ জীবনে, শুধু

একটুখানি হেঁটে কাছে যাওয়া হল না বলে। দেবপ্রয়াগে ভাগিরথীর-অলকানন্দার সঙ্গম দেখে সন্ধ্যার আগেই হরিদ্বার ফিরলাম।

একযাত্রায় গাড়োয়াল ও কুমায়ুনঃ গাড়োয়াল

বছর পঁচিশ আগে একবার গিয়েছিলাম কেদার-বদ্রী। তখন মেয়ের বয়স তিন। তার স্মৃতিতে সে যাত্রার কোনো ছাপ পড়েনি। আবার কেদারনাথ বদ্রীনাথ দর্শনের ইচ্ছা কয়েকদিন ধরেই লালন করছিলাম, বিশেষতঃ মেয়েকে দেখানোর জন্য। প্রয়োজন দীর্ঘ অবকাশ। সেটা পেলাম কর্মজীবন থেকে অবসর নেওয়ার পর। ২০১৭ সালের মে মাসের মাঝামাঝি গ্রীষ্মের ছুটিতে স্ত্রী, মেয়ে এবং ভাই শুভজিৎকে ডেকে নিলাম হরিদ্বারে আমাদের প্রিয় হোটেল 'আদিত্য'তে। এদের মূল আকর্ষণ নিজস্ব গঙ্গাঘাট। ইচ্ছেমত স্নান করা যায়, প্রবহমান গঙ্গাধারায় পা ডুবিয়ে বসা যায় অথবা সন্ধ্যায় চেয়ার পেতে বসে ঝিরিঝিরি হাওয়ায় প্রাণ জুড়ানো যায়।

এক সকালে পাড়ি দিলাম কেদারনাথ অভিমুখে। ঋষিকেশ থেকে গঙ্গার বুকে র‍্যাফটিং দেখতে দেখতে শিবপুরী, ব্যাসি পেরিয়ে এলাম কৌড়িয়ালাতে। রাস্তার বাঁকে ডানদিকে মীনাক্ষী রেস্তোরাঁ। এই রেস্তোরাঁ থেকে গঙ্গার প্রবহমান ধারা অনেকদূর অবধি দেখা যায়। এখানে প্রাতরাশ সেরে আরো ঘন্টাখানেক উজানে এল দেবপ্রয়াগ, ভাগিরথী-অলকানন্দার মিলনস্থল। কিছু ছবি তুলে আবার অলকানন্দার উজানে চলা। প্রায় দু'ঘন্টা পর এ তল্লাটের সবচেয়ে

বড় শহর শ্রীনগর। আরো ঘন্টাখানেক পর এল রুদ্রপ্রয়াগ। এখানে গাড়োয়াল মণ্ডল বিকাশ নিগমের ক্যান্টিনে মন্দাকিনী-অলকানন্দার সঙ্গম দেখতে দেখতে দ্বিপ্রাহরিক ভোজন সারা হল।

এখান থেকে কেদার ও বদ্রীর পথ আলাদা হয়ে গেছে। মন্দাকিনীর উজানে কেদার আর অলকানন্দার উজানে বদ্রী। কপালে ভাঁজ পড়ল আকাশে কালো মেঘের সমাগম দেখে। এক পশলা বৃষ্টিও হয়ে গেল। টিপটিপ বৃষ্টির মাঝেই রওনা দিলাম। রাতের বিশ্রাম গৌরিকুণ্ডে, আরো বহু পথ পাড়ি দিতে হবে। অগস্ত্যমুনি, কুণ্ড হয়ে গুপ্তকাশী বিয়াল্লিশ কিলোমিটার পথ। কখনো ঝিরিঝিরি, কখনো প্রবল বর্ষণের মাঝে পুরোটাই চালিয়ে নিয়ে গেল শুভজিৎ। সেদিনেই পাহাড়ি পথে হাতেখড়ি, যেভাবে চালালো তাতে ভরসা পেলাম বাকি পথে কোথাও আটকাবে না।

মুশকিল হচ্ছে মে মাস চারধাম যাত্রার ভরা মরশুম। অগস্ত্যমুনির পর রাস্তা সংকীর্ণ, তাতে সারা ভারত থেকে আসা ট্যুরিস্ট গাড়ির সমাগম। তার উপর বৃষ্টিভেজা পথের কিনারে নেমে পাশ দিতে বড় গাড়ি ভয় পাচ্ছে, তাই গতি শম্বুকের মতো। এবার আমি চালকের আসনে, একে একে পেরিয়ে এলাম ফাটা, সীতাপুর। পথে অজস্র যাত্রীনিবাস, সর্বত্র লোক গিজগিজ করছে। দু' তিনটি হেলিপ্যাড অতিক্রম করে এলাম, মোটা দক্ষিণার বিনিময়ে আয়েশ করে কেদারনাথ দর্শণের আয়োজন।

এভাবেই একসময় পৌঁছে গেলাম শোনপ্রয়াগ। পুলিশ আটকে দিল গাড়ি। খোঁজ নিয়ে জানা গেল ওখানেই পার্কিং লট। কয়েকটা ট্রেকার গৌরিকুণ্ড অব্দি যাত্রী ফেরি করছে। বহনযোগ্য ব্যাগে কিছু শীতবস্ত্র ও বিস্কুট ভরে 'ব্যোম শংকর' বলে এগিয়ে গেলাম। প্রায় এক

কিলোমিটার দূরে ট্রেকার স্ট্যান্ড, পথে চা পকোড়ার দোকান। আধঘন্টা লাইন দিয়ে সাত কিলোমিটার দূরের গৌরিকুণ্ডে যখন পৌঁছলাম তখন দিনের আলো মরে এসেছে। আধ কিলোমিটার চড়াই ভেঙে ধুঁকতে ধুঁকতে গাড়োয়াল মণ্ডল বিকাশ নিগমের রেস্ট হাউসে পৌঁছালাম। বুকিং স্লিপ দেখাতে দোতলার ডরমিটরিতে চারটি বেড পাওয়া গেল।

পরদিন ষোল কিলোমিটার হাঁটার প্রস্তুতি নিলাম আমরা তিনজন। শ্রীমতি হাঁটার ঝুঁকি নেবে না, ওর জন্য টাট্টু ঠিক করলাম। আগে পৌঁছাবে, GMVN-এর বুকিং স্লিপ হাতে দিয়ে রওনা করিয়ে দিলাম। প্রথম এক কিলোমিটার জুড়ে টাট্টুওলাদের জগৎ। শুনলাম রোজ প্রায় বিশ হাজার টাট্টু ও খচ্চর ওঠানামা করে। এদের দৌরাত্ম্যে হাঁটাই দায়। ২০১৩ সালের বিধ্বংসী বন্যার পর পুরো পথটাই নতুন করে বানানো হয়েছে। পুরানো রামওয়াড়া চটি আর নেই। পরিবর্তে আরো দেড় কিলোমিটার এগিয়ে গড়া হয়েছে লিনচোলি চটি। সেখানে গাড়োয়াল মণ্ডল বিকাশ নিগমের অস্থায়ী খাবারের স্টল। খাবার নেওয়ার সময় এক কর্মী বললেন 'আপনাকে রুদ্রপ্রয়াগে দেখেছি।' এহেন পরিচিতি তীর্থভ্রমণের আনন্দ আরো বাড়িয়ে দেয়। মেঘ, বৃষ্টি, রোদ, খচ্চর এবং শেষ তিন কিলোমিটার প্যাচপ্যাচে কাদা সামলে যখন কেদার ডর্মিটরিতে পৌঁছালাম তখন বিকেল প্রায় সাড়ে চারটা। ভেবেছিলাম সন্ধ্যার আগেই একবার মন্দির দর্শন করে আসব। ঝিরঝিরে বৃষ্টির জন্য সেটা আর হয়ে উঠল না। কাছের রেস্তোরাঁয় খাবার খেয়ে রাত্রি আটটার সময় শুয়ে পড়লাম। এখানে টু-টিয়ার সিস্টেমে একটি বাঙ্কের উপর আরেকটি শোয়ার ব্যবস্থা। বেশ কয়েকটা খালি ছিল, একটা পরিবার মাঝরাতে পৌঁছাল। এই আঁধার

দুর্যোগের রাতে বয়স্ক মহিলা সমেত মাঝরাতে কিভাবে পথ চলেছে ভেবে অবাক হলাম। ভক্তি না অন্ধ ধর্মবিশ্বাস কি দিয়ে এর ব্যাখ্যা করব ভেবে পেলাম না।

পরদিন সকালে হাতমুখ ধুয়ে মন্দির দর্শন করে নিলাম। মন্দির তো সেই একই আছে কিন্তু বদলে গেছে চারপাশ। পঁচিশ বছর আগের স্মৃতির সাথে মেলে না কিছুই। একপাশে পড়ে আছে পুরানো বাড়িঘরের ধ্বংসাবশেষ এবং পুরানো পথের রেশ। এত যাত্রীও ছিল না তখন, সাতসকালেই বিশাল লাইন পড়েছে। হেলিকপটারে এসে দর্শন করে আবার হেলিকপটারে ফিরে যাওয়া, এই সুবিধা তখন ছিল না। এবার অবতরণের পালা। আকাশ গোমড়া, কেদার শৃঙ্গের চূড়ায় রোদ্দুরের আলপনা দেখার সৌভাগ্য হল না। আধঘন্টা হেঁটে টাট্টু ডেরায় এলাম। চারজনের জন্যই টাট্টু নিলাম। বেলা আড়াইটার মধ্যে পৌঁছে গেলাম গৌরিকুণ্ড। GMVN ক্যান্টিনে গরম খাবার খেয়ে নীচে নেমে এলাম ট্রেকার স্ট্যাণ্ড-এ। ট্রেকারের জন্য বিশাল লম্বা লাইনে দাঁড়িয়ে ছিলাম। বৃষ্টি এলো ঝেঁপে, কাকভেজা ভিজলাম। ঘন্টাখানেক পরে ধস্তাধস্তি করে ট্রেকারে উঠলাম। শোনপ্রয়াগে গাড়ির কাছে পৌঁছাতে প্রায় সাড়ে চারটা বাজল। উখীমঠে চেনা হোটেল কে.পি.রেসিডেন্সী-তে ফোন করলাম। একটা ট্রিপল বেড রুম পাওয়া যাবে বলল। গুপ্তকাশীতে চায়ের বিরতি নিয়ে সন্ধ্যার গোড়ায় পৌঁছে গেলাম উখীমঠ।

পরদিন সকালে স্থানীয় ওঙ্কারনাথ মন্দির দর্শন করলাম। এই মন্দির কেদারনাথজী ও মদমহেশ্বরজীর শীতকালীন আবাস। তারপর রওনা হলাম চোপতার পথে। উখীমঠ থেকে বারো কিলোমিটার এগিয়ে টালা,

ওখানে একটা রাস্তা বাঁদিকে চলে গেছে সারি। আমরা সেদিকে না গিয়ে ডানদিকের রাস্তা ধরলাম মক্কু বেন্ড হয়ে বানিয়াকুণ্ড। এখান থেকেই শুরু হয়ে গেল চোপতা উপত্যকা। অ্যালপাইন তৃণভূমি শোভিত চোপতাকে গাড়োয়ালের সুইজারল্যাণ্ড বলা হয়। আশেপাশে এক-দুই কিলোমিটারের মধ্যে হরেক রকম তাঁবু ফেলা রয়েছে। ইকো ক্যাম্প, নেচার রিসর্ট ইত্যাদি এদের নাম। সারা বছর তরুণ তরুণীদের ভীড় হয় দুটি জনপ্রিয় ট্রেক দেওরিয়াতাল ও তুঙ্গনাথের সুবাদে। পুরো পথের দু'পাশে অসংখ্য রডোডেনড্রন গাছ। রডোডেনড্রনের মরশুম শেষ, কিছু বিবর্ণ ফুল তখনো স্মৃতি হয়ে রয়ে গেছে গাছে। মাসখানেক আগে এখানে পেয়েছি চারটি রঙের রডোডেনড্রন – লাল, গোলাপি, হলুদ ও বেগুনী। চোপতা থেকে তুঙ্গনাথ মন্দির চার কিলোমিটার পথ। আগে হেঁটে উঠেছি তিনবার – উত্তুঙ্গ চড়াই, উঠতে দম লাগে। এবার টাট্টু নিলাম। দৃশ্যমানতা ভাল থাকলে এ পথটুকুর সৌন্দর্য অসাধারণ, বাঁয়ে দিগন্তবিস্তৃত অ্যালপাইন তৃণভূমি, দিগন্তে এপ্রান্ত থেকে ওপ্রান্ত জুড়ে হিমালয়ের শুভ্রকিরিট শৃঙ্গরাজি দেখা যায়, সবচেয়ে ভালো দেখা যায় কেদার ও চৌখাম্বা। সেদিন আমরা অতটা সৌভাগ্যবান ছিলাম না। তবে নির্বিঘ্নে পূজা দিয়ে নেমে এলাম একটা নাগাদ।

চোপতাতে দুপুরের খাবার খেয়ে রওনা হলাম যোশীমঠের পথে। প্রথমে পেরিয়ে এলাম 'মণ্ডল' বনাঞ্চল। জঙ্গল গভীর তবে হনুমান ছাড়া আর কোনো প্রাণী চোখে পড়ল না। এরপর পেরিয়ে এলাম গোপেশ্বর, সমৃদ্ধ জনপদ। পেট্রোল পাম্পে ট্যাঙ্ক ভর্তি করলাম, এ.টি.এম থেকে টাকা তুললাম। আরো দশ কিলোমিটার পর অলকানন্দার সেতু অতিক্রম করে চামোলি। এতক্ষণে রুদ্রপ্রয়াগ-বদ্রী

মূল সড়কে পড়লাম। চামোলি থেকে যোশীমঠ পঞ্চাশ কিলোমিটার। চারধাম যাত্রার গাড়ির ভীড় এ রাস্তায়। পিপলকোটি অব্দি এগিয়ে আর এগোনো গেল না। আগের ট্রীপে গঙ্গোত্রী যাওয়ার সময় গাড়ির নম্বর নথিভুক্ত করেছিলাম। সেটা তখনো কাজ করছিল। মেসেজ এল বিষ্ণুপ্রয়াগের কাছে ধ্বস নেমেছে, কাজ চলছে। তার মানে সামনের কুড়ি কিলোমিটার জুড়ে গাড়ির লাইন পড়ে গেছে। বেশ বুঝতে পারলাম ধ্বস যদি রাত দশটার মধ্যেও সরানো সম্ভব হয় তাহলেও ধসের জায়গায় একবার উজানের একবার অবতরণের ট্রাফিক পার করা হবে। উভয় দিকেই কমবেশী কুড়ি কিলোমিটার দীর্ঘ লাইন। কাজেই গাড়ি ঘুরিয়ে পিপলকোটি GMVN লজে খোঁজ নিলাম, ঠাঁই নাই। আরো নিচে নামতে শুরু করলাম। পথে প্রতিটি আস্তানায় খোঁজ নিতে নিতে। দশ কিলোমিটার নিচে নেমে অবশেষে পাওয়া গেল ছোট্ট একটি কামরা। তাতেই ঢুকে পড়লাম। পরদিন সকালেও ট্রাফিক শম্বুকগতি। যোশীমঠ ঢোকার মুখে আধঘন্টা দাঁড়াতে হল। পাশের স্টলে ম্যাগি পাওয়া যাচ্ছিল, তাই দিয়েই প্রাতরাশ সারলাম। তারপর ধৈর্যপরীক্ষা, ড্রাইভিং এরও পরীক্ষা। পাঁচ কিলোমিটার এগোতে দুই ঘন্টা লেগে গেল। দেখলাম এভাবে বদ্রী পৌঁছতে সন্ধ্যা গড়িয়ে যাবে। যোশীমঠ শহরে ওয়ান ওয়ে ট্রাফিক। আপ ডাউন যেখানে মিশেছে সেখানে আর উজানে না গিয়ে ডাউনের রাস্তা ধরলাম। বদ্রী অধরা রয়ে গেল এ যাত্রায়। খারাপ লাগছিল পায়েলের জন্য। ওর বয়স কম, হয়তো আবার বদ্রী আসবে, কিন্তু তখন সঙ্গে থাকবে না মা-বাবা।

আগের রাতে আমাদের বুকিং ছিল GMVN লজে। সেখানে গেলাম, তখনো বারোটা বাজেনি। বুকিং-এর কাগজ দেখিয়ে বললাম দুটো ঘর খুলে দিতে, আমরা স্নান সেরে বেরিয়ে যাব। দেখলাম এরা

পরিষেবা দিতে জানে, বলল আমরা তো আপনাদের জন্যই বসে আছি – কাল কেউ আসতে পারেনি। পশ্চিমবঙ্গ সরকারের কোনো লজ হলে বলত, চেক আউট সময় পেরিয়ে গেছে কিছু করা যাবে না। স্নান টান সেরে আমরা নামতে শুরু করলাম, সে রাতটা GMVN কর্ণপ্রয়াগে থাকার ইচ্ছে। পঁচাশি কিলোমিটার পথ, চারঘন্টা লাগবে। কখনো ভাই গাড়ি চালাচ্ছে, কখনো আমি। পথে একটা রেস্তোরাঁয় ভাত খেয়ে নিলাম। নিরামিষ খাবার, এই চারধাম যাত্রার মরশুমে কোথাও মাছ মাংস পাওয়া যায় না। ডিম অবশ্য আমিষের গোত্রে ধরে না এরা। রেস্তোরাঁয় বসে দেখছিলাম নেট বলছে কর্ণপ্রয়াগ GMVN-এ সংস্কার চলছে, বুকিং বন্ধ। ফোন করলাম, বলল চলে আসুন ব্যবস্থা করে দেব। পথে পড়ে নন্দপ্রয়াগ, এখানে নন্দাকিনী নদী অলকানন্দাতে মিশেছে। কর্ণপ্রয়াগে মিশেছে পিণ্ডার নদী। আমরা চারটার মধ্যেই পৌঁছে গেলাম GMVN ট্যুরিস্ট লজ। গিয়ে দেখি সংস্কার চলছে জোরকদমে। চারদিকে ধুলো বালি সিমেন্ট, টুকরো লোহা, পেরেক ছড়িয়ে আছে। তারই মাঝে ম্যানেজার দোতলায় একটা চার বেডের ফ্যামিলি স্যুট পরিষ্কার করতে বললেন। আমরাই প্রথম অতিথি। খাট বিছানা সোফা পর্দা মায় জলের গেলাস সবই আনকোরা, বেশ রোমাঞ্চকর অভিজ্ঞতা।

খানিক বিশ্রামের অবকাশে ভাবছিলাম সেই দিনটি আমাদের বদ্রীতে থাকার কথা। প্ল্যান অনুযায়ী আমরা একদিন আগে এসে পড়েছি কর্ণপ্রয়াগে। আমার বহুদিনের ইচ্ছা ছিল একযাত্রায় গাড়োয়াল ও কুমায়ুন সফর করার। সেইমত আমরা পরের দিনে গোয়ালদাম হয়ে কৌশানি যাব ঠিক করেছি। গোয়ালদাম গাড়োয়াল ও কুমায়ুনের সীমানায়। কর্ণপ্রয়াগ থেকে গোয়ালদাম একটা রাস্তা আছে গুগল ম্যাপ

বলছে ৬৭ কিমি, নারায়ণবাগড়-থরালি হয়ে তিন ঘন্টা লাগবে। এ পথে বাসও চলে, তবে ট্যুরিস্টরা এ পথে যায় না। ভারতের অন্যতম বিখ্যাত ট্রেক রূপকুণ্ড যেতে হয় এই গোয়ালদাম দিয়ে। তবে সবাই আসে হলদোয়ানি-কাঠগোদাম হয়ে। সাথে আছে ভাই শুভজিৎ, তাই সাহস করে আমরা কাল ঐ নতুন পথে যাব। রাতে থাকব কৌশানিতে, গোয়ালদাম থেকে মাত্র চল্লিশ কিলোমিটার দূরে।

বিকেলে হাঁটতে হাঁটতে দেখে এলাম অলকানন্দা ও পিণ্ডার নদীর সঙ্গম। এখানে স্টেট ব্যাঙ্কের শাখার নিচতলায় একটি রেস্তোরাঁ আছে, যেখানে চায়ের কাপে চুমুক দিতে দিতে দুই নদীর সঙ্গম দেখা যায়। রেস্তোরাঁর অদূরে কর্ণমন্দির যার জন্য এ জায়গার নাম কর্ণপ্রয়াগ। রাতের খাবারের খোঁজ করতে গিয়ে জানা গেল এই বাস রাস্তার ধারে কোনো হোটেলে আমিষ পাওয়া যাবে না। উপরে একটা বাজার আছে সেখানে পাওয়া যেতে পারে। প্রায় দু'শো সিঁড়ি ভেঙে উপরে উঠলাম। নিত্যপ্রয়োজনীয় জিনিসপত্রের জমজমাট বাজার। একটু খোঁজ করতেই পাওয়া গেল এক পাঞ্জাবী হোটেল। সেখানে রুটি, চিকেন কারি খেয়ে লজে ফিরলাম।

কুমায়ুন পর্ব

সকাল আটটায় বেরিয়েছি কর্ণপ্রয়াগ থেকে। যেতে হবে থরালি, গোয়ালদাম, বৈজনাথ হয়ে কৌশানি। একশো দশ কিলোমিটার পথ, কমবেশী ছ'ঘন্টা লাগবে। পিণ্ডার নদীকে বাঁয়ে রেখে চলেছি। প্রথম দশ কিলোমিটার মসৃণ পথ, পরের পাঁচ-সাত কিলোমিটার রাস্তা চওড়া হওয়ার কাজ চলছে, তারপর সংকীর্ণ রাস্তা। এ পথে তীর্থযাত্রীদের ভীড় নেই – ট্যুরিস্টদের উৎপাত নেই। নেই বাঁকে বাঁকে খাবার

দোকানের হাতছানি। দোকান যা গড়ে উঠেছে তা স্থানীয় বাসিন্দাদের প্রয়োজনে। জীবন এখানে লঘু ছন্দে বয়ে যায় - আবাদ করে, বিবাদ করে। আর আছে নির্মল প্রকৃতি, যান্ত্রিক সভ্যতার কলুষ এখানে ততখানি ছড়ায়নি। তবে ২০১৩ সালের বিধ্বংসী বন্যায় পিণ্ডার নদীর অববাহিকায় এই প্রাকৃতিক সম্ভার এবং এইসব জনপদ দারুণভাবে ক্ষতিগ্রস্ত হয়। যার পুনর্গঠন ও পুনর্নির্মাণ গত চার বছরেও সম্পূর্ণ করা যায়নি। আরো দশ কিলোমিটার (কর্ণপ্রয়াগ থেকে পঁচিশ কিমি) এগিয়ে কুলসারি। এখানে একটি মন্দির আছে, বারো বছর অন্তর অনুষ্ঠিত হয় নন্দাদেবী রাজ তীর্থযাত্রা, সেই যাত্রার বিরামস্থল এটি। আরো আট কিমি এগিয়ে আধা শহর থরালি। থরালি থেকে গোয়ালদামের পথের অনেকখানি জুড়ে দুপাশে ঘন দেওদারের জঙ্গল। পথের বাঁকে বাঁকে বহুদূর অবধি দেখা যায় সবুজ উপত্যকা, রোদ্দুর আর ছায়া লুকাচুরি খেলা করছে সেখানে।

আরো খানিকটা এগিয়ে পথের বাঁকে দাঁড়িয়ে যেতে হল কিছুক্ষণ। সাত-আটখানা গাড়ির ক্যারাভ্যান। বিয়ে করে ফিরছে কোনো স্থানীয় যুবক, বরযাত্রী সমেত, ব্যাণ্ড বাজিয়ে হৈ হুল্লোড় করে। আমাদের বাংলার গ্রামে গ্রামেও এখন বিয়ের মরশুম। চাষবাসের কাজ এই সময়ে কম থাকে। সাড়ে দশটা বাজে। দু'একটা বাঁকে ট্রেকারের প্রতীক্ষায় দাঁড়িয়ে রয়েছে স্কুল ছাত্র-ছাত্রী, শিক্ষক-শিক্ষিকা। এ পথে বাস কম – ট্রেকারই ভরসা। এভাবেই এক সময় পৌঁছে গেলাম গোয়ালদাম। ঢোকার তিন কিলোমিটার আগে দেখলাম একদঙ্গল ছেলেমেয়ে মাউন্টেনিয়ারিং-এর মহড়া নিচ্ছে – রোপের ব্যবহার, ক্লাইম্বিং, র‍্যাপেলিং ইত্যাদি। গোয়ালদামের ভেতরে ঢুকলাম না। পাইন গাছে ঘেরা শান্ত জনপদ পেরিয়ে এগিয়ে গেলাম বৈজনাথের দিকে।

গোয়ালদাম গাঢ়োয়ালে, এবারে শুরু হবে কুমায়ুন। এখান থেকে পথ প্রশস্ত ও মসৃণ, পাইন বনের ছায়ায় ছায়ায় উঁচু নিচু পথ। ভাইকে চালকের আসনে বসিয়ে মেয়েকে সামনের সীট ছেড়ে দিলাম। সৌন্দর্যের আস্বাদনে ছোটদেরই অগ্রাধিকার থাকা উচিত। তেইশ কিলোমিটার পথ পঁয়তাল্লিশ মিনিটে পাড়ি দিয়ে বৈজনাথ পৌঁছালাম। কর্ণপ্রয়াগ থেকে বৈজনাথ আগে কখনো আসিনি, যাকে বলে 'এ যেন অচেনা এক পথ, এ যেন অজানা এক দেশ / কে জানে কোথায় হবে এর শেষ।' অচেনাকে চেনার আনন্দ পেলাম। কৌশানি আরো সতেরো-আঠারো কিলোমিটার। এ পথ আমি তো এসেছি বারবার। শেষবার গত নভেম্বরে। গান্ধী আশ্রমের অদূরে চেনা হোটেল 'প্রশান্ত'-কে ফোনে বলে রেখেছি আমাদের জন্য যেন দোতলার কর্ণারের রুম দুটো রেখে দেয়। আবার বলে দিলাম। পথে পড়ে 'গরুড়', এককালের ছোট শহর এখন বিশাল আকার নিয়েছে। দেড়টা নাগাদ পৌঁছে গেলাম। এদের একটা বাঙালি রেস্তোরাঁ আছে, সেখানে বলে দিলাম কি কি খাব।

বাঙালিরা কৌশানি আসে দিগন্তজোড়া তুষারশৃঙ্গ দেখবে বলে। কুহেলিমুক্ত প্রভাতে এখান থেকে দেখা যায় নন্দাদেবী, নন্দাঘুন্টি, ত্রিশূল, পঞ্চচুলি ইত্যাদি শৃঙ্গ। মে মাসের শেষার্ধে পাহাড়ের আবহাওয়া সাধারণত ধোঁয়াশাময় থাকে। এমনিতেই বেলা বারোটার পর দৃশ্যমানতা কমে যায়। ফলে দেখে মন ভরে না। বিকেলে হাঁটতে হাঁটতে গেলাম গান্ধী অনাশক্তি আশ্রম চত্বরে, ১৯২৯ সালে গান্ধীজী এখান দু' সপ্তাহ কাটিয়ে গেছেন এবং অবস্থানকালে অনাশক্তি যোগ সম্বন্ধে লেখালেখি করেন। আমরা হাঁটতে হাঁটতে আধা কিলোমিটার নীচে বাস স্ট্যান্ড অবধি গেলাম। মাঝপথে একটা চায়ের দোকানে

ঢুকলাম। ছোট পরিচ্ছন্ন দোকান। পাখির কিচিরমিচির শব্দে চোখ তুলে দেখলাম দুটি পাখি ছাদের এদিক থেকে ওদিক ওড়াওড়ি করছে। ছাদের দুই প্রান্তে রাখা আছে দুটি ছোট হাঁড়ি, পাখির বাসা। নাম জিজ্ঞাসা করে জানতে পারলাম 'বদ্রি' পাখি। খদ্দেরদের বিনোদনের জন্য টিভি না রেখে পাখি রেখেছে দেখে ভাল লাগল, ভদ্রলোককে ধন্যবাদ জানালাম।

কৌশানিতে এখন হোটেলের প্রাচুর্য, চল্লিশ বছর আগে পন্তনগরে পড়াশোনার সময় যখন নিখিলদার সাথে প্রথম কৌশানি এসেছিলাম তখন গান্ধী আশ্রম ছাড়া থাকার আর কোনো জায়গা ছিল না। রাতে হোটেলের ছাদ থেকে গরুড় শহরের আলোকমালা দেখতে ভালো লাগে। সঙ্গে সঙ্গে সংবেদী মনটা খচখচ করে এতটা উন্নয়নের আদৌ কোনো প্রয়োজন ছিল কি? তাও যদি সুষম হত, এ তো বিষম নগরায়ন।

পরদিন সকালে হোটেলের ছাদ থেকে সূর্য ওঠা দেখলাম। কিন্তু হিমশিখরের পরতে পরতে উষার রাঙা কিরণ ছড়িয়ে দিনমণির যে মহিমাময় আত্মপ্রকাশ সেটা পেলাম না। এই মরশুমে পাওয়া যায় না। তাই ভ্রমণপিপাসু পর্বতপ্রেমীদের প্রতি আমার নিবেদন, গ্রীষ্মে পাহাড়ে না বেড়িয়ে পূজার ছুটিতে আসুন, শ্রান্ত বরষার অন্তে, কুহেলীকলুষতা মুক্ত প্রকৃতি পাবেন।

সকালে লুচি-তরকারি খেয়ে এগারোটা নাগাদ হোটেল ছেড়ে দিলাম। আমাদের চৌকরিতে বুকিং আছে একদিন পরে। যেহেতু আমরা বদ্রী যেতে পারিনি তাই একটা দিন বাড়তি পেয়ে গেছি। বৈজনাথে কুমায়ুন মণ্ডল বিকাশ নিগম (KMVN)-এর একটি ট্যুরিস্ট বাংলো আছে।

ফোন করেছিলাম, বলল চলে আসুন একটা ব্যবস্থা হয়ে যাবে। ওরা আমাদের একটা দ্বিশয্যার কামরা দিল। আর পাশেই ছিল ডরমিটরি, সেখানে দুটো বেড দিল। মালপত্র গুছিয়ে রেখে পদব্রজে বেরিয়ে পড়লাম বৈজনাথ মন্দির দর্শনে।

গোমতী নদীবাঁধের কিনারে এই মন্দির চত্বর এখন আর্কিওলজিক্যাল সোসাইটির তত্বাবধানে রয়েছে। গোমতী নদীর পাড়ে আঠারোটি মন্দির নিয়ে এই চত্বর। এখানে বিগ্রহ রয়েছে বৈদ্যনাথ (যার অপভ্রংশ বৈজনাথ), পার্বতী, মহিষাসুরমর্দিনী, গণেশ, কার্তিক, নৃসিংহ, ব্রহ্মা, সূর্য, গরুঢ়, কুবের ও সপ্ত নর্তকীর। আটশো বছর আগে যখন কাত্যুরি রাজারা তাঁদের রাজধানী যোশীমঠ থেকে কার্তিকেয়পুরাতে (বর্তমানের বৈজনাথ-এ) স্থানান্তর করেন তখন এইসব মন্দির বানানো হয়েছিল। সম্প্রতি নদীতে একটা বাঁধ দেওয়া হয়েছে, ফলে সারাবছর জল থাকে। সেই জলে প্রচুর মাছ আছে, খাবার ছুঁড়ে দিলেই মাছের ঝাঁক ধেয়ে আসে। এখানে মাছ ধরা নিষিদ্ধ। মন্দির চত্বর ঘুরেফিরে আমরা এলাম KMVN লজের উল্টোদিকে একটি সদ্য চালু হওয়া রেস্তোরাঁয়, দুপুরের খাবার ভাত ডাল সব্জি পাওয়া গেল।

বিকেলে দু'কিমি দূরে ভগবতী মাতা ভ্রামরী দেবীর মন্দির দেখার ইচ্ছে হল। আলপথ ধরে গ্রামের ভিতর ঢুকে খুঁজতে খুঁজতে অবশেষে সেই মন্দির পাওয়া গেল। ফিরতে সন্ধ্যা হয়ে গেল। রাস্তায় হাঁটতে হাঁটতেই শোনা গেল বৈজনাথ মন্দিরে সন্ধ্যারতির ঘন্টা। স্থানীয় দু'একটি দোকানে পশরা দেখতে দেখতে ফিরে এলাম ট্যুরিস্ট লজে। রাতের খাবার লজেই বলে রেখেছিলাম।

পরদিন সকালে স্নান করে নীচের রেস্তোরাঁয় প্রাতরাশ সেরে রওনা হলাম বাগেশ্বরের পথে, গন্তব্য চৌকরি। বৈজনাথ থেকে একুশ কিলোমিটার দূরে সরযু ও গোমতীর সঙ্গমে অবস্থিত জেলা সদর বাগেশ্বর। সপ্তম শতাব্দীতে নির্মিত শিবের মন্দির বাগনাথ থেকে এই শহরের নামকরণ। কথিত আছে মার্কণ্ডেয় মুনির তপস্যায় তুষ্ট হয়ে শিব বাঘরূপে মুনিকে দেখা দেন। কয়েকধাপ সিঁড়ি বেয়ে নেমে মন্দিরটি দর্শন করলাম। সরযু নদীর সেতু পেরিয়ে পাকদণ্ডী বেয়ে উঠে গেছে পথ। বেশ কিছু ফলন্ত আমগাছ চোখে পড়ল। চীর পাইন ফার শাল গাছে ভরা, পূবে ভীলেশ্বর, পশ্চিমে নীলেশ্বর পাহাড়ঘেরা, মাঝখান দিয়ে বয়ে চলা সরযুকে উপর থেকে বিহঙ্গদৃষ্টিতে দেখতে দারুণ সুন্দর লাগে। এই জনপদ একদা তিব্বতের সাথে বাণিজ্যের জন্য গুরুত্বপূর্ণ ছিল। এছাড়া পিণ্ডারী ও সুন্দরডুঙ্গা গ্লেসিয়ার ট্রেক রুটের শুরু এই বাগেশ্বরে।

বাগেশ্বর ছাড়িয়ে আরো পঞ্চাশ কিলোমিটার দূরে চৌকরি। দৃশ্যমানতা ভালো থাকলে এই পথটুকু দারুণ উপভোগ্য, বাঁকে বাঁকে দেখা যায় পঞ্চচুলি রেঞ্জ। এদিন আমাদের ভাগ্য ততটা প্রসন্ন ছিল না। একে একে পেরিয়ে এলাম মানকোট, খানতোলি। চৌকরি আর দশ কিলোমিটার বাকি। উল্টোদিক থেকে আসছিল একটি লরি। সংকীর্ণ রাস্তা, পাশ দিয়ে যাওয়ার সময় লরির কোণা চিরে দিয়ে গেল আমাদের গাড়ির টায়ার। স্টেপনিতে রাখা টায়ার লাগিয়ে সাড়ে বারোটা নাগাদ পৌঁছে গেলাম চৌকরিতে কুমায়ুন মণ্ডল বিকাশ নিগমের ট্যুরিস্ট রেস্ট হাউস। তখন আবছা দেখা যাচ্ছে পঞ্চচুলি রেঞ্জ।

সঞ্জয় কুণ্ডু

হিমশিখর দেখা যাক আর নাই যাক, KMVN-এর ট্যুরিস্ট লজ পাহাড়ের ঢালে এত সুন্দরভাবে ধাপে ধাপে বিন্যস্ত যে এই চত্বরে পা দিলেই মন ভাল হয়ে যায়। সড়ক থেকে মূল চত্বরে ঢোকার মুখে একটি দোতলা ওয়াচ টাওয়ার। মূল ভবনের সামনে বিশাল বাঁধানো প্রাঙ্গন, বসার বেঞ্চ। প্রখর রোদ ছাড়া বাকী সব সময়ই এখানে বসে, দাঁড়িয়ে, ঘোরাফেরা করতে করতে দেখে নেওয়া যায় নন্দাদেবী, নন্দাকোট, ত্রিশূল, পঞ্চচুলি ও অন্নপূর্ণাকে। নীচের ধাপে রয়েছে গোটা ছয় সুদৃশ্য কটেজ। তারপর দিগন্তবিস্তৃত খোলা মাঠ। ইদানিং একটা জাহাজ আকারের বাড়ি মাথা তুলেছে, দৃষ্টির পক্ষে পীড়াদায়ক। রিসেপশনের সামনের লবিতে এক কোণায় রাখা আছে দুটি মাউন্টেন বাই-সাইকেল, অনেক গিয়ার তাতে। গত নভেম্বরে যখন এসেছিলাম তখন অঙ্কন এক ঘন্টার জন্য ভাড়া নিয়েছিল একশো টাকায়।

দুপুরে খাওয়ার পর আমি ও শুভজিৎ গেলাম বেরিনাগের দিকে। একটা তেমাথার মোড়ে টায়ার সারাইয়ের দোকান পাওয়া গেল। ফেঁসে যাওয়া টায়ারটা সারানোর জন্য ওখানে নামিয়ে দিলাম। পরের দিন এই পথেই যাব, তখন তুলে নেব। বিকেলে এলাকাটি টহল দিতে বের হলাম। ট্যুরিস্ট লজের লাগোয়া কয়েকটি হোটেল গজিয়েছে। বছর কুড়ি আগে যখন এসেছিলাম, তখন এই KMVN লজ ছাড়া আর কিছুই ছিল না। ঠাঁই না পেয়ে আমাদের রাত কাটাতে হয়েছিল দশ কিলোমিটার দূরের বেরিনাগে। বাস স্ট্যান্ডের লাগোয়া দুটি দোকান হয়েছে। আছে একটা প্রকাণ্ড রিঠা গাছ, ফলগুলো অনাদরে পড়ে আছে। মনে পড়ে একসময় আমরা রিঠা ভেজানো জলে শীতবস্ত্র কাচতাম, মাথায় রিঠা ঘষে শ্যাম্পু করতাম। ঐ গাছটি পেরিয়ে ডানদিকে রাস্তা চলে গেছে। একটু ঢালুতে নেমে ওজস্বী

রিসর্ট, উঁচু পাঁচিল ঘেরা। আরো একটু ঢালুতে নেমে একটি ইন্টার কলেজ, আবাসিক ছাত্র ছাত্রীও আছে বেশ কিছু। ওদের ক্যাম্পাসে ঘুরে বেড়াতে দেখে এক শিক্ষক আমাদের ডাকলেন। পরিচয় পেয়ে চা খেয়ে যেতে বললেন।

পরদিন সকালে দৃশ্যমানতা একটু বেশী, তবে স্ফটিকস্বচ্ছ দর্শন হলো না। এই মরশুমে এর চেয়ে ভাল ভিউ পাওয়া যায় একমাত্র আগের রাতে বিস্তীর্ণ এলাকা জুড়ে বৃষ্টি হলে। এই ট্যুরিস্ট লজে ব্রেকফাস্ট কমপ্লিমেন্টারি। স্নান করে, ব্রেকফাস্ট সেরে রওনা হতে ন'টা বাজল। পথে টায়ারটা তুলে, বেরিনাগ হয়ে গুগল নির্দেশিত পথে এগিয়ে চললাম আলমোড়ার দিকে। রাস্তা মোটের উপর ভালোই, ট্রাফিক কম। কখনো খাদে নামতে হচ্ছে, কখনো চূড়ায় উঠতে হচ্ছে। উচ্চতা বেশি হলেই পাইনের আধিক্য। আড়াই ঘন্টা চলার পর একটা রাস্তা ডানদিকে বেঁকে গেল বিনসর। এখান থেকে আলমোড়ার রাস্তা বেশ ভাল। একটা নাগাদ পৌঁছে গেলাম আলমোড়া। রাস্তার পাশে খোঁজ করে যাচ্ছি ভাত পাওয়া যায় কিনা। সেদিনটা আলমোড়া বাজারের সাপ্তাহিক বন্ধের দিন, তাই বেশী দোকানপাটও খোলা ছিল না। একটি ছোট হোটেল ভাত, ডাল, সব্জি দিতে পারবে বলল। প্রায় পঁয়তাল্লিশ মিনিট অপেক্ষার পর খাবার দিতে পারল। খেয়ে রওনা দিলাম নৈনিতালের পথে।

একঘন্টা পরে এল গরমপানি সেতু, রাণীক্ষেতের পথ গেছে ঐ সেতু পেরিয়ে। আরো চল্লিশ মিনিট পর এল ভাওয়ালি, যেখান থেকে ভীমতাল হয়ে কাঠগোদাম, হলদোয়ানি যাওয়া যায়। আরো বিশ পঁচিশ মিনিট পর নৈনিতাল ঝিলের পাড় (মল রোড) ধরে নয়না দেবী মন্দির

লাগোয়া পার্কিং-এ যখন পৌঁছালাম তখন পৌনে পাঁচটা বাজে। মালপত্র গাড়িতেই লক করে হোটেল খুঁজতে গেলাম। মল রোডের উপর হোটেলের ভাড়া বেশী, খুঁজে-পেতে একটু ভেতরে একটি হোটেলে দোতলার উপর দুটি কামরা নিলাম। বারান্দা থেকে লেক দেখা যায়, ছাদ থেকে আরো ভালো দেখা যায়। সন্ধ্যায় নয়না দেবী মন্দির দেখার পর মল রোডে টহল দিয়ে বেড়ালাম। রাতে একটা বাঙালি হোটেলে খেয়ে আমাদের হোটেলে ফিরলাম।

পরদিন সকালে একটা ট্যাক্সি ভাড়া করে নয়না পিক রোপওয়ে, হনুমান মন্দির, স্নো ভিউ পয়েন্ট, সুখা তাল, খুরপা তাল ইত্যাদি দেখলাম বেলা বারোটা পর্যন্ত। বিকেলে লেকের ধারে বোটিং পয়েন্ট এবং মল রোড ধরে ঘোরাঘুরি, কিছু মোমের পুতুল কেনা এসব করে কাটল। তৃতীয় দিন সকালে স্নান সেরে হোটেল ছেড়ে দিলাম। ভাওয়ালি হয়ে ভীমতালের প্রবেশপথে বাঁদিকে বেঁকে প্রথমে গেলাম নওকুচিয়াতাল। ফিরে এলাম ভীমতাল। লেকের পাড়ে হোটেলে দুপুরের খাবার খেয়ে হলদোয়ানি পেরিয়ে কাশীপুরের রাস্তা ধরলাম। কাশীপুর পেরিয়ে মোরাদাবাদের রাস্তায় আঁধির (ধুলিঝড়ের) কবলে পড়লাম। ঘন্টাখানেক বরবাদ হল, আঁধার নেমে এল। মোরাদাবাদে দিল্লী হাইওয়েতে যখন পড়লাম তখন প্রায় আটটা বাজে। রাস্তার পাশের ধাবাতে রাতের খাবার খেয়ে যখন মীরাটে ফিরলাম তখন রাত সাড়ে দশটা। বারো শ' কিলোমিটারের উপর সফর শেষ হল।

ধৌলাধার হিমাচল

ধরমশালা-ডালহৌসি-খাজিয়ার-চাম্বা-ভারমোর এই নিয়ে হিমাচলের ধৌলাধার সার্কিট। আমরা শুরু করেছি পাঠানকোট থেকে ধরমশালা দিয়ে। ঘন্টায় ঘন্টায় বাস এ পথে। প্রায় চার ঘন্টায় পৌঁছে গেলাম বাস রাস্তার গায়েই হিমাচল ট্যুরিজমের হোটেল কুনাল। পরদিন আধবেলার ট্যাক্সি ভাড়ায় দেখে নেওয়া হল সুদৃশ্য ডাল ঝিল, দলাই লামার রাজ্যপাট ম্যাকলিওডগঞ্জ। বিকেলে গেলাম ৪৭৫০ ফুট উচ্চতায় নয়নাভিরাম ক্রিকেট স্টেডিয়ামে। এই মাঠে খেলা দেখার বড় প্রাপ্তি ধৌলাধার রেঞ্জ দর্শন। এত সুন্দর ক্রিকেট স্টেডিয়াম ভারতে আর দ্বিতীয় নেই। স্টেডিয়াম থেকে হাঁটা পথের দূরত্বে রয়েছে ওয়ার মেমোরিয়াল।

পরবর্তী গন্তব্য ডালহৌসি, উচ্চতা ৬৫০০ ফুট। ধরমশালা থেকে মোটামুটি ছ' ঘন্টার পথ। ১৮৯০-১৯১০ এর মধ্যে ইংরেজদের পত্তন করা শৈলশহর। শহরকে বেড় দিয়ে মল রোড। একপাক টহল দিয়ে এলেই পুরো শহরটা দেখা হয়ে যায়। ধোঁয়াশামুক্ত দিনে দেখা যায় বরফঢাকা পীরপঞ্জাল পর্বতশ্রেণী। একপ্রান্তে গান্ধী চক, অন্য প্রান্তে সুভাষ চক। দুদিকেই দুটি গির্জা আছে। গান্ধীচক অপেক্ষাকৃত জমজমাট, হরেকরকম পশরা সাজানো বিপনী। পায়ে হেঁটে বা ট্যাক্সি ভাড়া করে দেখে নেওয়া যায় চার কিলোমিটার দূরে পাঁচপুলা ঝরণা। যদিও গ্রীষ্মে শীর্ণধারা, তবুও সরগরম ট্যুরিস্ট স্পট।

ডালহৌসি থেকে খাজিয়ার, উচ্চতা ৬৭৫০ ফুট। পাইন জঙ্গলের বুক চিরে এ পথ অতীব দৃষ্টিনন্দন। দু'তিনটি নামী স্কুল, একটি সংরক্ষিত বনাঞ্চল পেরিয়ে, বাঁকে বাঁকে শুভ্রকিরিট পীরপঞ্জাল দেখতে দেখতে ঘন্টাখানেকের মধ্যে পৌঁছে গেলাম হিমাচলের সুইৎজারল্যাণ্ড খাজিয়ার। পাইন জঙ্গলে ঘেরা অ্যালপাইন তৃণভূমি। একটি ছোট জলাশয় মাঝখানে, অনেকে বলে খাজিয়ার লেক। এর সৌন্দর্য উপভোগ করার জন্য একদিন থাকলে ভাল হয়। আমরা ছিলাম হিমাচল ট্যুরিজমের 'দেওদার' হোটেলে। এক বাঙ্গালী পর্যটকের সাথে আলাপ হল, তিনি সাতদিন ধরে আছেন খাজিয়ারের সৌন্দর্যে মগ্ন হয়ে।

খাজিয়ার থেকে সওয়া ঘন্টার বাসপথ জেলাসদর চাম্বা, উচ্চতা ৩০০০ ফুট। শহরের প্রাণকেন্দ্রে রয়েছে ময়দান – স্থানীয় ভাষায় বলে চৌগান। রাজা সাহিল ভার্মা (বর্মন) ৯২০ খ্রিস্টাব্দে তাঁর কন্যা চম্পাবতীর অনুরোধে ব্রহ্মপুরা থেকে ইরাবতী ও সাল নদীর সঙ্গমে এই স্থানে রাজধানী সরিয়ে আনেন। চম্পাবতীর নামানুসারে নাম রাখেন চাম্বা। ৯৩৭ খৃস্টাব্দ থেকে প্রতি বছর পয়লা বৈশাখ এই চৌগানে মিঞ্জর মেলা বসে। এ মেলা হাজার বছর পেরিয়েছে – তাই এই চৌগানকে সহস্রাব্দ ময়দানও বলে। এর একপাশ ঢালু হয়ে নেমে গেছে ইরাবতী নদী পর্যন্ত, অন্য প্রান্তে বিভিন্ন সরকারি অফিস এবং সুদৃশ্য বিপনির সারি চলে গেছে এক কিলোমিটার দূরের হাসপাতাল অবধি। ডানদিকে ডোগরা বাজারের মধ্যে একটু উঁচুতে আছে লক্ষ্মী-নারায়ণ মন্দির। হাজার বছরের রাজপুত রাজত্বকালে শিল্প সংস্কৃতির প্রভূত বিকাশ ঘটে চাম্বাতে। মিনিয়েচার পেন্টিং, সূচীশিল্প ও চর্মশিল্প তার অন্যতম। সারা চাম্বা জেলা জুড়েই ছড়িয়ে আছে তার নিদর্শন।

এসব নিদর্শন নিয়েই গড়ে তোলা হয়েছে ভুরি সিং মিউজিয়াম। প্রায় এক কিলোমিটার খাড়া উঠলে চামুণ্ডা দেবী মন্দির। সেখান থেকে পুরো চাম্বাকে বিহঙ্গদৃষ্টিতে দেখা যায়।

চাম্বা থেকে আমরা গেলাম ভারমোর, উচ্চতা ৬৭৫০ ফুট, প্রাচীন নাম ব্রহ্মপুর। পঁয়ষট্টি কিলোমিটার পথ, তিনঘন্টা লাগল অতিক্রম করতে। শেষ দশ কিলোমিটার আসার সময় পথের বাঁকে বাঁকে দেখা যায় কৈলাস পর্বত। ঐ পর্বতের পাদদেশে মণিমহেশ যাত্রা চলে জন্মাষ্টমী থেকে রাধাষ্টমী পর্যন্ত। অবশ্য উৎসাহীদের ট্রেকিং শুরু হয়ে যায় বরফ গলে পথ পরিষ্কার হলেই। চাম্বাতে রাজধানী স্থাপনের আগে তিনশ' বছর ধরে ভারমোর ছিল এই তল্লাটের রাজধানী। ইতিহাস অনুসারে আনুমানিক ৫০০ খ্রিস্টাব্দে রাজপুত রাজা মরু ভাগ্যান্বেষণে উত্তরমুখে আসতে আসতে স্থানীয় সর্দার গোষ্ঠীকে পরাজিত করে এখানে রাজত্ব শুরু করেন। বাসস্ট্যাণ্ডে স্বাগত জানায় একটি সুদৃশ্য তোরণ। এটি এখানকার চুরাশি মন্দিরে যাওয়ার পথের শুরুতে; মন্দিরটি আরো পাঁচশ' মিটার দূরে। আমাদের হোটেল গৌরীকুণ্ড আরো পাঁচশ মিটার উঁচুতে। মন্দিরে ঢুকে পড়লাম। বিশাল চত্বরে এক দঙ্গল মহিলা তখন এক জায়গাতে বসে ভজনগানে মগ্ন। অন্যপাশে একগুচ্ছ কিশোর ক্রিকেট অভ্যাস করছে। মূল মন্দিরটি শিবের। আরেকটি সমান গুরুত্বের মন্দির রয়েছে নৃসিংহ দেবের। এছাড়াও রয়েছে আরো ছোটবড় অসংখ্য মন্দির। তাই এটি চুরাশি মন্দির নামে পরিচিত। প্রায় তেরশ' বছরের পুরানো মন্দির। স্থানীয় অধিবাসীদের জীবনযাত্রার সঙ্গে অঙ্গাঙ্গীভাবে জড়িত এমন মন্দির আর দ্বিতীয়টি দেখিনি আমরা। দুপুর বিকেল সন্ধ্যায় যখনই গিয়েছি মন্দির চত্বরে বাচ্চারা ছোটাছুটি করছে, বয়স্করা নিজেদের মধ্যে গুলতানিতে

মগ্ন, মহিলারা অবসর আলাপে রত। এটি আড্ডাবাজ তরুণদের মিটিং পয়েন্ট; হয়তোবা প্রেমিক-প্রেমিকাদেরও মিলনস্থল। পাকদণ্ডী পথে পাঁচ কিলোমিটার দূরে উঁচুতে আরো একটি মন্দির আছে ব্রহ্মাণী মাতার। সেখান থেকে বিহঙ্গদৃষ্টিতে ভারমোর ও কৈলাস শৃঙ্গ অতি নয়নাভিরাম দেখায়।

দিনে দিনে হিমাচলের অনেক গভীরে চলে এসেছি। এবার ফেরার পালা। ভারমোর থেকে চাম্বা হয়ে পাঠানকোট ন'-দশ ঘন্টায় আসা যায়। কিন্তু আমরা পাঞ্জাব ঢোকার আগে নুরপুরে একরাত্রি থাকার সিদ্ধান্ত নিয়েছিলাম। সকাল সোয়া সাতটায় সরাসরি বাস পেয়ে গেলাম। চাম্বা থেকে বানিখেত হয়ে নুরপুরে হিমাচল ট্যুরিজমের হোটেল নুপুরে পৌঁছলাম বিকেল চারটায়। আসার পথে পড়ে চামেরা জলাধার। অনেকে ডালহৌসি থেকে কন্ডাক্টেড ট্যুরে চামেরা লেক দেখতে আসে। একটু বিশ্রাম নিয়ে সন্ধ্যার আগে দেখে নিলাম স্থানীয় দুর্গের ধ্বংসাবশেষ। নুরপুর থেকে পাঠানকোট পঁচিশ কিলোমিটার, বাসে একঘন্টা লাগে। প্রতি পনেরো মিনিট অন্তর বাস আছে। পরদিন পাঠানকোটে ফেরার ট্রেন ধরলাম।

কিভাবে যাবেনঃ পাঠানকোট থেকে বাসে অথবা ট্যাক্সি ভাড়া করে।

কোথায় থাকবেনঃ সর্বত্র বিভিন্ন মানের হোটেল আছে।

সেরা সময়ঃ শরৎকাল। গ্রীষ্মে ধোঁয়াশার জন্য দৃশ্যমানতা কম থাকে।

মদমহেশ্বর যাত্রা

মদমহেশ্বর তৃতীয় কেদার। কুরুক্ষেত্রে জ্ঞাতিহত্যা-ব্রহ্মহত্যার পাপ খণ্ডনের জন্য কৃষ্ণের পরামর্শে পাণ্ডবেরা শিবের স্তব শুরু করেন। শিব পাপী পাণ্ডবদের এড়ানোর জন্য মহিষরূপ ধারণ করে গাড়োয়াল হিমালয়ের বিভিন্ন চারণভূমিতে বিচরণ করতে লাগলেন। গুপ্তকাশীতে সেই মহিষকে পাণ্ডবরা ধরতে গেলে শিব পাতালে প্রবেশ করেন। পরে পাঁচটি কেদার জুড়ে প্রকাশ হন: রুদ্রনাথে মুখ, কল্পেশ্বরে জটা, তুঙ্গনাথে বাহু, মদমহেশ্বরে নাভি ও কেদারে কুঁজ প্রকাশ পায়।

কেদারনাথজী ও মদমহেশ্বরজীর শীতকালীন পূজার্চনা হয় উখীমঠ থেকে। মদমহেশ্বর মন্দির যাওয়ার যাত্রাপথের শুরুও উখীমঠ। সকালে কার্তিকস্বামী মন্দির দর্শন করে কণকচৌরি থেকে উখীমঠ পৌঁছেছি দুপুরে। ভারত সেবাশ্রম সংঘ পরিচালিত প্রণবানন্দ বিদ্যাপীঠের উল্টোদিকে একটি তোরণ, লেখা মদমহেশ্বর প্রবেশদ্বার। ডানহাতে হোটেল কে.পি. রেসিডেন্সিতে ঠাঁই মিলেছে। পরদিন সকালে রওনা হলাম গাড়িতে, বিশ কিলোমিটার দূরের রাঁসি গ্রামের উদ্দেশে। পথে একটা নদী পার হলাম। এটা মন্দাকিনীর একটা উপনদী – মদমহেশ্বর-গঙ্গা ও মার্তণ্ডেয়-গঙ্গার মিলিত ধারা। তারপর উনিয়ানা, রাঁসি পেরিয়ে আরো তিন কিমি গিয়ে গাড়ির রাস্তা শেষ। আমাদের বিদায় দিয়ে দুই গৃহিণী ফিরে গেলেন উখীমঠ। ওঁরা এই দু'দিন ঘুরবেন দেওরিয়াতাল, তুঙ্গনাথ।

প্রথমেই অবতরণ, টানা প্রায় চার কিলোমিটার, বড় বড় চীর গাছের ঘন ছায়া মাখা পাকদণ্ডী পথ। দিনটি ছিল বিজয়া দশমী। সকালে হাল্কা ঠাণ্ডা ছিল। রোদ্দুর চড়তে শীতপোষাক খুলে কোমরে বেঁধে নিতে হল। আরো দু কিমি চড়াই ভেঙ্গে গৌণ্ডার। গোটা পঞ্চাশেক বাড়ী আছে, তিন চারটি খাবার দোকান আছে, রাত্রিবাসের ব্যবস্থাও আছে। এখানে ক্ষণিক বিরাম নিয়ে আলু-পরটা, ম্যাগি দিয়ে প্রাতরাশ সেরে নিলাম। এবার হাল্কা চড়াই, দেড় কিমি পরে পৌঁছালাম উপলখণ্ডে লাফিয়ে লাফিয়ে চলা এক পাহাড়ি নদীর সেতুতে। এটিই মদমহেশ্বর গঙ্গা। এখান থেকে খাড়া চড়াই; আধঘন্টা পর পাকদণ্ডী বেয়ে উঠে এলাম বানতোলি। তিন চারটি সুসজ্জিত হোটেল রয়েছে এখানে। বিদ্যুত সংযোগ শেষ এই বানতোলিতে।

আমরা এগিয়ে চললাম। পাইন জঙ্গলের মধ্য দিয়ে পথ, পাথর দিয়ে বাঁধানো। নদীর স্রোতের আওয়াজ আসছে, তবে দেখা যাচ্ছে না। হরেকরকম পাখির ডাক শুনতে শুনতে এগিয়ে চলেছি। উল্টোদিক থেকে ছোট ছোট দল নেমে আসছে, যাদের দর্শন সারা হয়েছে। ঘন্টাখানেক পর এলাম খাডারা। ছোট গ্রাম, একটিই বিরামগৃহ আছে – স্থানীয় পঞ্চায়েত পরিচালিত। চারটি কামরা, সামনে বারান্দা – একচিলতে ফুলের বাগানও আছে। একটিই চায়ের দোকান। চা খেতে খেতে জানা গেল আরো দু কিমি উপরে নান্হু – সেখানে একটি লজ আছে এবং ফিরতি যাত্রীরা বলল সম্পূর্ণ খালি দেখে এসেছে।

বাঁয়ে মদমহেশ্বর গঙ্গা, ডাইনে মার্তণ্ডেয় গঙ্গা, মাঝখানের এক গিরিশিরা ধরে এগিয়ে চলেছি। দুই নদীর ধারা মিলেছে গৌণ্ডারে। কোনো স্রোতই দেখা যাচ্ছে না, মাঝে মাঝে আওয়াজ পাওয়া যাচ্ছে।

প্রায় দেড় ঘন্টা চড়াই ভেঙ্গে অবশেষে নান্হু পৌঁছানো গেল। ঘড়িতে তখন দুটো পেরিয়ে গেছে। টানা দশ-বারো কিলোমিটার হেঁটে পা ভারি হয়ে গেছে, বিশ্রাম চাইছে। দেখলাম থাকার নূন্যতম ব্যবস্থা আছে। জলের যোগান আছে, সোলার লাইট জ্বলবে রাতে। চারটি কামরা, সবগুলোই খালি। একটা ঘরে ব্যাগপত্র রেখে খাবার অর্ডার দিলাম। ভাত ডাল সব্জি বানাতে প্রায় একঘন্টা লেগে গেল। উপর থেকে নেমে এল এক বাঙালি পরিবার। জানাল দেড় কিমি উপরে মৈখুম্বা, সেখানে একটি রাত্রিবাস আছে। কোনো বাঙালি যাত্রী তার সাইনবোর্ড লিখে দিয়েছে 'অঙ্কিতা ভোজনালয়'। তবে সেখানকার ব্যবস্থাও নান্হুর চেয়ে ভাল নয়। আর রাস্তাও এখান থেকে আরো খাড়া, প্রায় ৪৫ ডিগ্রী খাড়াই। অগত্যা নান্হুতেই রাত কাটানোর সিদ্ধান্ত নিলাম।

নান্হু ছোট গ্রাম, গোটা দশেক পরিবার থাকে। জীবিকা পশুচারণ ও সামান্য চাষাবাদ। শীতে সবাই নেমে যায় গৌণ্ডার, রাঁসি বা অন্যত্র। বিকেলের মিঠে রোদ গায়ে মেখে পায়ে পায়ে গেলাম গোষ্ঠের দিকে। কয়েকটি গরু, ভেড়া চরছিল। আধঘন্টা পরে গরু ভেড়ার পাল গোঠে ফিরে এল। বাচ্চাগুলোকে চরতে পাঠানো হয়নি; ঘেরা জায়গায় আগড় দিয়ে রাখা ছিল। আগল খুলে দিতেই যে যার মায়ের কাছে দৌড়ে গেল।

পরদিন সকাল সাড়ে সাতটায় রওনা হলাম। অতিরিক্ত জামাকাপড় সমেত ব্যাগ নান্হুতে ছেড়ে গেলাম। মৈখুম্বা 'অঙ্কিতা ভোজনালয়' ছাড়িয়ে শুরু হল রডোড্রেনড্রনের জঙ্গল। জঙ্গলের মাঝখানে একটা সরাইখানা, 'হোটেল মুন'। রুটি, কুমড়োর তরকারি, ম্যাগি পাওয়া

গেল। রাত্রিবাসের বন্দোবস্তও আছে দেখলাম। আরো ঘন্টাখানেক হাঁটার পর জঙ্গলও শেষ – আমরাও এসে পড়লাম মদমহেশ্বর উপত্যকায়। মন্দিরকে কেন্দ্র করে প্রায় আধ কিলোমিটার জুড়ে অস্থায়ী বসতি – রাত্রিবাসের আয়োজন।

তখন প্রায় দশটা বাজে। গতকাল যারা মদমহেশ্বরে রাত কাটিয়েছে, সবাই সকাল সকাল বুঢ়া-মদমহেশ্বর আরোহন শেষে নীচে নেমে গেছে। আমরা সাকুল্যে জনাদশেক সদ্য সদ্য এসেছি। পুরোহিত রোদ্দুরে চেয়ার পেতে অপেক্ষা করছেন আরো কিছু যাত্রী যদি আসে তবে পূজা শুরু করবেন। পূজা দেওয়ার পর পুরোহিতই দেখিয়ে দিলেন বুঢ়া মদমহেশ্বরের পথ। বিভিন্ন দিক দিয়ে ওঠা যায়। আমরা প্রায় একঘন্টা ধরে চেষ্টা করে গেলাম। যতই উঠি, দেখি সামনে আরো উঁচু টিলা। পথ ভুল করেছি ভেবে যখন হাল ছেড়ে দেব ভাবছি তখন শেষ চেষ্টা করতে গিয়ে পৌঁছে গেলাম বুঢ়া মদমহেশ্বর শিখরে। এখান থেকে চৌখাম্বা, কেদার, ত্রিশূল, নীলকণ্ঠ, কামেট ইত্যাদি শৃঙ্গের ৩৬০ ডিগ্রী ভিউ পাওয়া যায়। তিনটি ছোট জলাশয় আছে, বরফ গলা জলে পুষ্ট হয়, তখন অনেকখানি শুকিয়ে এসেছে। একটা পাথরঘেরা ঘরের মধ্যে একটি শিলা বুঢ়া মদমহেশ্বর রূপে পূজিত হয়। ঘড়িতে তখন বারোটা, মেঘ এসে যাওয়ার ফলে দৃশ্যমানতা কম। তবু এই দিগন্তবিস্তৃত শৃঙ্গরাজি না দেখে গেলে মদমহেশ্বর আসাটা অপূর্ণ থেকে যেত।

এবার ফেরার পালা। নীচে নেমে মন্দিরের পুরোহিতের কাছে বিদায় নিয়ে প্রায় দু'ঘন্টা হেঁটে ফিরলাম নান্দু। দেখি সব ঘর যাত্রীতে ভরে গেছে। ভাত ডাল সব্জি খেয়ে তিনটা নাগাদ হাঁটা শুরু করলাম

বানতোলির উদ্দেশে। নামার সময় ফুসফুসে চাপ পড়ে না, চাপ পড়ে পায়ের আঙ্গুলে। মাঝেমাঝেই জিরিয়ে নিতে হচ্ছিল। একবার ধুলো উড়িয়ে ঝড় এল, কয়েকফোঁটা বৃষ্টিও পড়ল। অবশেষে সন্ধ্যার আগেই পৌঁছে গেলাম বানতোলি। থাকার জায়গাও পেয়ে গেলাম। পরদিন ধীরে সুস্থে শারদ প্রকৃতির শান্ত সৌন্দর্য উপভোগ করতে করতে পাইন, চীর গাছের ছায়াঘেরা পথ ধরে ফিরে এলাম গৌণ্ডার হয়ে রাঁসি। বিকেলের মধ্যে পৌঁছে গেলাম উখীমঠ।

কিভাবে যাবেনঃ হরিদ্বার থেকে উখীমঠের বাস পাওয়া যায়। ছ-সাতজনের দল হলে গাড়ী ভাড়া নেওয়াই শ্রেয়।

কোথায় থাকবেনঃ উখীমঠে তিন চারটি হোটেল আছে। এছাড়া আছে ভারত সেবাশ্রম সংঘ, ওঙ্কারেশ্বর মন্দিরের অতিথি নিবাস। মদমহেশ্বর যাত্রাপথে রাত্রিবাসের জায়গাঃ রাঁসি, গৌণ্ডার, বানতোলি, খাড়ারা, নান্দু, মৈখুম্বা এবং মদমহেশ্বর।

কখন যাবেনঃ মে জুন মাসে চারধাম যাত্রার ভীড় এবং বর্ষা এড়িয়ে যান। ভাইফোঁটার পর মদমহেশ্বর মন্দির বন্ধ হয়, খোলে মে মাসের দ্বিতীয় সপ্তাহে।

কুমায়ুনের পিথোরাগড় মুন্সিয়ারি

ইচ্ছে ছিল দায়ারা বুগিয়াল যাওয়ার। সেইমত টিকিট কেটেছিলাম দেরাদুন স্পেশালে, সাতই অক্টোবর ২০২১ হাওড়া থেকে বেলা একটায় যেটা ছাড়ার কথা। দেরাদুনে আমার মাসতুতো ভাই সৌরাংশু থাকে সস্ত্রীক। ভেবেছিলাম ওদের কাছে অতিরিক্ত মালপত্র জমা রেখে ছ'দিনের ট্রেকিং-এ বেরিয়ে পড়ব মিয়া-বিবি। দুটো নামী ট্রেক সংস্থার সঙ্গে যোগাযোগ করলাম। কেউই ষাটোর্ধ প্রবীণদের দলে নিতে চাইল না। অগত্যা বেড়ানোর ছক বদল করতে হল।

শ্যামলাতালে দেড় হাজার মিটার উচ্চতায় রামকৃষ্ণ মিশন পরিচালিত 'বিবেকানন্দ আশ্রম' আছে। বরেলী থেকে টনকপুর হয়ে যেতে হয়। ওখানে যোগাযোগ করলাম। স্বামী জ্ঞাননিষ্ঠানন্দ জানালেন আসতে পারেন তবে দুটো ডোজ টিকা নেওয়া থাকতে হবে এবং সাত দিনের মধ্যে করানো কোভিড নেগেটিভ টেস্ট রিপোর্ট নিয়ে যেতে হবে।

আমি যখন ইউনাইটেড ব্যাঙ্কের মীরাট রিজিওন্যাল অফিসে ছিলাম, অঙ্কিত ও গৌরী দুজনেই বরেলী শাখার জুনিয়ার অফিসার ছিল। ওদের বিয়ের রিশেপশনে আমি ও সহকর্মী কাঞ্চন মীরাট থেকে বরেলী গিয়েছিলাম। ২০১৯ সালে অঙ্কিত ব্যাঙ্কের চাকরি ছেড়ে দেয়, একটা ফুড-চেনের ফ্রানচাইজি নেয়। গৌরী অবশ্য ব্যাঙ্কের চাকরি চালিয়ে যাচ্ছে। অঙ্কিতকে ফোন করে বলি এক সপ্তাহের জন্য একটা সেলফ্-ড্রাইভ কার ভাড়া করতে। উত্তরে জানায়, 'বরেলীতে সেলফ্-

ড্রাইভ কার ভাড়া পাওয়া যায় না। আপনি বরং আমার গাড়ীটা নিয়ে যেতে পারেন।'

অক্টোবরের আট তারিখে অঙ্কিত বরেলী স্টেশন থেকে আমাদের নিয়ে গেল ওদের বাড়িতে। স্নান খাওয়া সেরে অঙ্কিতের গাড়ি নিয়ে দুপুর দুটোর সময় বেরিয়ে পড়লাম। পিলিভিত, খাটিমা, টনকপুর হয়ে সন্ধ্যার নামার ঠিক আগে ছ'টার সময় শ্যামলাতালে পৌঁছেছিলাম। স্বামীজী আমাদের ১০১ নম্বর কামরা দিলেন। দোতলায় ১০৩ নম্বর কামরায় আরো দু'জন বাঙালী, আমরা এই চারজন ছিলাম সেই রাতের অতিথি। অবশ্য চার পাঁচজন সন্ন্যাসী ছিলেন।

পরদিন সকালে মন্দিরে গীতাপাঠ শুনে চা-জলখাবার খেয়ে স্নান সেরে শ্যামলাতাল ঘুরে এলাম। ছোট প্রাকৃতিক হ্রদ, হ্রদের কোলেই রয়েছে কুমায়ুন মণ্ডল বিকাশ নিগমের একটি রেস্ট হাউস। কোভিড সময়ে সেই যে বন্ধ হয়েছে, আর খোলেনি। যাতায়াতের পথে পড়ে মিশন পরিচালিত গোশালা, মিশনে দুধের যোগান দেয়। এছাড়াও মিশন এখানে একটা স্বাস্থ্যকেন্দ্র ও একটা স্কুল চালায়। বেলা বারোটায় এখানে দুপুরের খাবার খেয়ে নিতে হয়। কিছুক্ষণ বিশ্রাম নিয়ে তিনটা নাগাদ দেখে এলাম টনকপুর পয়েন্ট, একটা টিলার উপর। ওখান থেকে নীচে সমতলে টনকপুরের জনবসতি দেখা যায়। চারটের সময় চা খেয়ে আবার শ্যামলাতালের দিকে এক চক্কর দিয়ে এলাম। এখানে আর কিছু দেখার নেই। যাঁরা আশ্রমের নিরিবিলিতে দু'চার দিন কাটিয়ে যেতে চান তাঁরা আরো দুয়েকদিন থেকে যেতে পারেন এখানে।

১০ই অক্টোবর সকালে চা-জলখাবার খেয়ে আটটা নাগাদ বেরিয়ে পড়লাম পিথোরাগড়ের উদ্দেশে। পথে পড়ে চম্পাবত, যেখান থেকে মায়াবতী অদ্বৈত আশ্রম যেতে হয়। মায়াবতী করোনাকালের পর সাধারণ ভক্তদের জন্য তখনো উন্মুক্ত হয়নি। আমরা লোহাঘাট পার হয়ে দেড়টার সময় পৌঁছে গেলাম পিথোরাগড়। একটু খোঁজ করে 'হোটেল সান ভিউ'-তে পেয়ে গেলাম একটা ভদ্রস্থ কামরা, তিনতলার উপর। সামনে প্রশস্ত বারান্দা, সেখান থেকে অর্ধেক পিথোরাগড় দেখা যায়। পিথোরাগড়ের উচ্চতা যদিও ১৬০০ মিটার, এখানে চারদিক পাহাড়বেষ্টিত হওয়ার জন্য শ্যামলাতালের চেয়ে ঠাণ্ডা কম।

দুপুরে খাওয়ার পর চারটার সময় বেরিয়ে পড়লাম আট কিলোমিটার দুরে মোস্টামন্যু মন্দির দর্শনে। এটি একটি পাহাড়চুড়ায় অবস্থিত, পুরো শহরের ভিউ পাওয়া যায় এখান থেকে। দু' বছর আগে মন্দিরটির সংস্কার হয়েছে। দুটি নতুন তোরণ, একটি অনুষ্ঠান-মঞ্চ তৈরী হয়েছে। পুরোহিতের কাছে শুনলাম এই মন্দিরের বিগ্রহ দেবরাজ ইন্দ্রের। পরিষ্কার ঝকঝকে দিনে দু চোখ ভরে পিথোরাগড়কে দেখলাম। শুনতে পেলাম এক প্রবীণ মানুষ তাঁর মেয়েকে বলছেন 'তোর ছোটবেলায় যখন তোকে কোলে নিয়ে এখানে আসতাম তখন দেখতে পেতাম চারিদিকে ফসলের ক্ষেত হাওয়ায় দুলছে; এখন শুধুই বাড়ির ক্ষেত।' ফেরার পথে দেখলাম একটা নতুন রেস্তোরাঁ হয়েছে পাহাড়ের ঢালে, যেখান থেকে পিথোরাগড়ের আরো ভালো ভিউ পাওয়া যায়।

পরদিন ১১ই অক্টোবর সকাল সাতটার সময় পিথোরাগড় ছেড়ে ধরচুলা রোড ধরে মুন্সিয়ারির উদ্দেশে রওনা হলাম। ভেবেছিলাম

দিদিহাট, থল হয়ে মুন্সিয়ারি যাব। ধরচুলা রোড ভাল রাস্তা, যেতে যেতে কখন যে দিদিহাট বেশ ছাড়িয়ে গিয়েছি খেয়াল করিনি। জানতে পারলাম আঠারো কিলোমিটার এগিয়ে গিয়ে। তখন আর পিছন ফিরে আসার কোন মানে হয়না। জানা গেল সামনে জৌলজীবি হয়ে বাঁদিকে বেঁকে মুন্সিয়ারি যাওয়া যাবে। অগত্যা সেই পথ ধরলাম।

এ পথ মাঝেমাঝেই ভাঙাচোরা, কখনো বোল্ডার বিছানো পথ, কোথাও বা রাস্তার উপর বয়ে যাওয়া স্রোত পেরিয়ে যেতে হচ্ছে। বেলা দশটার সময় একটি লোকালয়ে পরোটা খেলাম। ঘিয়ে ভাজা তিনকোনা পরোটা। আরো দেড় ঘন্টা চলার পর একটি বোল্ডার ভরা চড়াই উঠতে গিয়ে সামনের গাড়ি পিছলে নেমে এল। আমি আর চেষ্টা করলাম না। পিছনের গাড়ি দু'তিনবার চেষ্টা করেও উঠতে পারল না। একটা মাহিন্দ্র ম্যাক্স ট্রেকার অল্প কসরতেই পার হয়ে গেল। পরের ট্রেকারের ড্রাইভার আমাদের সাহায্য করল। নিজে স্টিয়ারিং-এ বসে একে একে আমাদের তিনটি গাড়িই পার করে দিল। আরো একঘন্টা গাড়ি চালিয়ে প্রায় একটার সময় পৌঁছে গেলাম মুন্সিয়ারি পাণ্ডে লজে।

মেঘের উপর রোদ পড়লে মেঘ ধীরে ধীরে উপরের দিকে উঠতে থাকে। বেলা দশটার পর তুষারঢাকা শৃঙ্গ দেখার আশা করা যায় না। স্নান, খাওয়া সেরে আমরা রওনা হলাম নন্দাদেবী মন্দির দেখার জন্য। একটি টিলার উপর মন্দির। চত্বর থেকে মেঘমুক্ত দিনে পঞ্চচুলী রেঞ্জ দেখা যায়, মুন্সিয়ারি শহরটাকে বিভিন্ন কোণ থেকে দেখা যায়। দারোয়ান বলল অপেক্ষা করুন, সন্ধ্যার আগে মেঘ সরে গেলে পঞ্চচুলী দেখা যেতে পারে। ঘন্টাখানেক অপেক্ষা করেও আমরা দেখতে পাইনি। উচ্চতা যদিও ২২০০ মিটার মাত্র, পঞ্চচুলীর অত্যন্ত

কাছে বলে মুন্সিয়ারি বেশ শীতল জায়গা। সন্ধ্যার পর লেপের আশ্রয়ে ঢুকে পড়া ছাড়া আর কিছু করার থাকে না।

পরদিন ১২ই অক্টোবর সকালে বিছানায় শুয়ে থেকেই দেখা গেল দিগন্তজোড়া পঞ্চচুলী। বরফঢাকা শৃঙ্গগুলির মাথার উপর খেলা করছে সকালের নরম রোদ্দুর। ঘন্টাখানেক আশ মিটিয়ে দেখার ফাঁকে ফাঁকে ব্যাগ গুছিয়ে নিলাম। সাড়ে আটটায় বেরিয়ে পড়লাম বাগেশ্বর হয়ে রাণীখেত বা আলমোড়ায় রাত কাটানোর ইচ্ছে নিয়ে। পথের বাঁকে বাঁকে পঞ্চচুলীকে দেখতে দেখতে এগিয়ে গেলাম। বিরথী জলপ্রপাত পার হলাম দশটায়। আধঘন্টা এগিয়ে রাস্তা যেখানে দুভাগ হয়েছে আমরা ডানদিকে সামা হয়ে কাপকোট যাবার রাস্তা ধরলাম, বাঁয়ের রাস্তা চলে গেল থল হয়ে চকৌরি- দিদিহাটের দিকে। ওখান থেকে খৈলেখ মার্কেট পঞ্চাশ কিলোমিটার পথ প্রায় নির্জন। রাস্তা মোটামুটি ভালই, তবে ট্রাফিক বড়ই কম। ভয় হচ্ছিল যদি গাড়ি কোথাও ফেঁসে যায় তবে কারো সাহায্য পাওয়ার আশা ক্ষীণ। খৈলেখ মার্কেটে ভাত খেয়ে নিলাম। ওখান থেকে কাপকোট ৩০ কিমি, কাপকোট থেকে বাগেশ্বরের পথে অনেক গাড়ি, রাস্তাও ভালো।

বাগেশ্বরে পৌঁছতে প্রায় চারটে বেজে গেল। সেখান থেকে আলমোড়া বা রাণীখেত দুটোই নব্বই কিলোমিটারের দূরত্বে, তিনঘন্টার উপর সময় নেবে। তাই ঠিক করলাম ৩০ কিলোমিটার দূরের কৌশানিতে রাত কাটাব। বৈজনাথ হয়ে কৌশানি পৌঁছালাম পাঁচটা নাগাদ। পঞ্চায়েত ভবনে একটা কামরা পেয়ে গেলাম। এখানে হনুমানের উপদ্রব খুব, দরজা খোলা পেলেই ঘরে ঢুকে পড়ে। ঠাণ্ডা এখানে মুন্সিয়ারির তুলনায় অনেক কম।

১৩ই অক্টোবর সকালে সুর্য ওঠা দেখতে গেলাম গান্ধী আশ্রম চত্বরে। অনেকগুলো শৃঙ্গ দেখা যায় এখান থেকে: নীলকণ্ঠ, চৌখাম্বা, ত্রিশূল, নন্দাদেবী, পঞ্চচুলী ইত্যাদি। সবগুলোই দেখা গেল তবে হালকা ধোঁয়াশা ছিল। স্নান সেরে বেলা দশটায় বেরিয়ে পড়লাম রাণীখেত, নৈনিতাল হয়ে কালাডুঙ্গির উদ্দেশে। পরিষ্কার ঝকঝকে দিন। কৌশানি থেকে রাণীখেত বা আলমোড়া দুদিক দিয়েই নৈনিতাল যাওয়া যায়। স্থানীয় এক ট্রেকার চালক বলল রাণীখেত হয়ে যান, দশ কিলোমিটার বেশী পড়লেও রাস্তা ভালো। পথে রাণীখেতে চা, ভাওয়ালিতে দুপুরের খাবার খেয়ে চারটায় পৌঁছালাম নৈনিতাল। ঝিলের ধারে গাড়ি থামিয়ে বেশ কিছু ফটো নিলাম।

নৈনিতাল থেকে খুরপাতাল হয়ে কালাডুঙ্গি পৌঁছালাম বিকেল পাঁচটায়। সোজা গেলাম কালাডুঙ্গি থানায়। অফিসারকে জিজ্ঞাসা করলাম এখান থেকে হলদোয়ানির মধ্যে কোথাও চারদিন ধরে দুর্গাপূজা হয় কিনা। একজন হদিস দিলেন থানা থেকে হলদোয়ানির দিকে ১২ কিলোমিটার গিয়ে বাঁদিকের রাস্তায় তিন-চার কিলোমিটার গেলে বাঁদিকে কয়েকটা মন্দির পড়বে, সেখানে খোঁজ নিয়ে দেখুন। সেখানে পৌঁছে জানা গেল আরো এক কিলোমিটার গিয়ে রামকৃষ্ণধাম পড়বে বাঁ হাতে। সেটা ছিল অষ্টমীর সন্ধ্যা। ছ'টার সময় মহারাজকে বললাম চল্লিশ বছর আগে যখন পন্তনগরের ছাত্র ছিলাম তখন পরপর দু'বছর এই আশ্রমে পূজা কাটিয়েছি। আজ রাতে থাকব, একটা ঘর দিতে হবে। মহারাজ (স্বামী প্রবোধানন্দ) বললেন একটা ছোট ঘর খালি আছে, থাকতে পারবেন কি? দেখলাম দোতলার একটা জীর্ণ কুঠরি, একটা সিঙ্গল চৌকি পাতা আছে। খুঁজেপেতে একটা পাতলা ম্যাট্রেস জোগাড় করা গেল। ঝাড়ু খুঁজে ঝাঁট দিয়ে নিলাম। অন্য এক

স্বামীজি একটা মোটা সতরঞ্চি ও গায়ে দেওয়ার একটা পাতলা কম্বল দিলেন। মেঝেতে একজন শোওয়া যাবে। বাইরের দোকানে চা খেতে গিয়ে একটা মশা তাড়ানোর নিম ধূপ নিয়ে এলাম।

এই আশ্রমটি হলদোয়ানির উপকণ্ঠে। একমাত্র এই আশ্রমেই চারদিন ধরে বাঙালি মতে দুর্গাপূজা হয়, বাকী সব জায়গায় তো নবরাত্রি পালন হয়। সন্ধ্যারতি শুরু হতে দেখলাম অনেক বাঙালি পরিবারের সমাগম হয়েছে। এঁরা সব আশেপাশের দশ বারো কিলোমিটারের মধ্যে থাকেন। দূরের যাঁরা, সেই সব পরিবার আগেই আশ্রমের আতিথ্য গ্রহণ করেছেন। আমরা যখন ছাত্র ছিলাম তখন একটি পরিবার এসেছিল সুদূর আন্দামান থেকে। মহারাজের কাছে শুনলাম গত দু'বছর করোনা আবহে প্রতিমা সহকারে পূজা করা যায়নি।

অষ্টমীর সন্ধ্যারতির পর উৎসাহী ছেলে মেয়েরা ধুনুচি নিয়ে নাচ করল। একটি ছেলে তো দেখলাম ধুনুচি নাচে বেশ পারদর্শী। ছেলেটি আশ্রমের একটি ঘরে সপরিবারে আতিথ্য নিয়েছে। আলাপ করে জানলাম বরেলীর কাছাকাছি সিতারগঞ্জে ওদের বাড়ি। স্বামী প্রবোধানন্দ পরিচয় করিয়ে দিলেন শ্যামল চক্রবর্তীর সাথে। বারুইপুরে একটা আশ্রমিক স্কুলে পড়ান। আমারই বয়সি, সংসারী হন নি, আশ্রমে আশ্রমে ঘুরে ঘুরে জীবন কেটেছে তাঁর। তাঁর কাছে শুনলাম এই আশ্রমের ইতিকথা। রাত সাড়ে নটার সময় আশ্রম অতিথিদের পংক্তিভোজন করানো হল, লুচি, তরকারি, ভাত। রাত এগারোটা কুড়িতে শুরু হল সন্ধিপূজা, শেষ হল সোয়া বারোটায়।

অনেক রাত অবধি ঘুম এল না, স্মৃতিরা ভীড় করে এল। স্মৃতি যদি প্রতারণা না করে, তাহলে তেতাল্লিশ বছর আগে এক অষ্টমীর সন্ধ্যায়

সম্ভবতঃ এই ঘরেই আন্দামানবাসিনী সন্ধ্যা আমাদের শুনিয়েছিল 'বোলে রে পাপীহরা' গানটি। জানিনা সেই গায়িকা আজ কোথায়। শ্রোতাদের মধ্যমণি আমাদের প্রিয় শিবুদা আজ আর নেই, দীপ্তিবৌদি আছেন হালিশহরে। রুদ্রদা আছেন শান্তিনিকেতনে, অন্য তিনজন আছে বিশ্ববিদ্যালয়ের প্রফেসর হয়ে তাদের কর্মজীবনের শেষপ্রান্তে।

পরদিন সকাল সাতটায় বেরিয়ে এলাম আশ্রম থেকে। মহারাজ এগিয়ে দিলেন গেট পর্যন্ত। বললেন আবার যখন আসবেন দিন সাতেক আগে জানিয়ে দেবেন, আপনাদের জন্য ভাল ঘর রেখে দেব। আমরা হলদোয়ানি হয়ে, পন্তনগর বিশ্ববিদ্যালয়কে ডাইনে রেখে বরেলীতে অঙ্কিতের বাড়িতে ফিরলাম সকাল পৌনে দশটায়। প্রায় নয় শ' কিলোমিটারের ভ্রমণ শেষ হল। বরেলী থেকে বেলা বারোটায় ট্রেন ধরে দেরাদুনে এলাম রাত্রি সাড়ে আটটায়।

সঞ্জয় কুণ্ডু

পেলিং-রাবাংলা ভ্রমণ

চন্দননগরে 'Altitude Adventure' নামে একটি সংস্থা আছে। এরা মূলতঃ উত্তরাখণ্ড, হিমাচল ও সিকিমের পাহাড়ে ট্রেক করায়। এর মালিক ঋদ্ধ দত্তকে বললাম 'নিউ জলপাইগুড়ি যাওয়ার টিকিট পেয়েছি ১৯ মে ২০২২, ফিরব ২৫ তারিখে। ২০ থেকে ২৪ এই পাঁচ রাত হাতে পাচ্ছি, সিকিমের পেলিং সার্কিটে যাওয়ার একটা ছক করে দিন এবং আপনাদের চেনা হোটেল বা হোমস্টেতে থাকার বুকিং করে দিন।' ওঁরা যে ব্যবস্থাটি করলেন সেটা এরকমঃ ২০ মে: রিনচেনপং – মায়াল প্যারাডাইস হোমস্টে; ২১-২২ মে: পেলিং – রোমিলা দিদির হোমস্টে; ২৩-২৪ মে: রাবাংলা – স্কাই ভিউ হোটেল। নেট ঘেঁটে দেখলাম হোমস্টে দুটোর রিভিউ ভালই। একজন তো লিখেছেন Hotels are for tourists, homestays are for travellers.

রওনা হবার এক সপ্তাহ আগে ঋদ্ধ দত্ত ফোন করে জানালেন তিনি একটা টিমকে নিয়ে বেদিনী বুগিয়াল রওনা হয়ে যাচ্ছেন এবার থেকে শ্রেয়সী আমাদের সাথে যোগাযোগ রাখবে। বেরোনোর দু'দিন আগে শ্রেয়সী জানালেন রোমিলা দিদির এক ঘনিষ্ঠ আত্মীয় মারা গেছেন, রোমিলা দিদির হোমস্টে কয়েকদিন বন্ধ থাকবে, আমরা বিকল্প ব্যবস্থা করছি। বেরোনোর দিনে জানালেন আপার পেলিং-এ 'হোটেল নিউ সিজন'-এ ব্যবস্থা হয়েছে। ফোন নম্বর দিলেন, অন্য দু জায়গার ফোন নম্বর আগেই পাওয়া গেছিল।

২০-শে মে ট্রেন নির্ধারিত সময় সকাল পৌনে আটটায় নিউ জলপাইগুড়ি স্টেশনে পৌঁছায়। শেয়ার গাড়িতে সিকিম বাস ডিপোতে পৌঁছে দেখলাম কাছাকাছি সময়ে কোন বাস নেই। জোড়থাং পৌঁছালাম শেয়ারড ট্রেকারে বেলা একটায়। সেখান থেকে শেয়ারে রিনচেনপং যেতে রাজী হল না কেউ। মায়াল হোমস্টের মালিক দাওয়া লেপচাকে ফোন করলাম। বললেন আমাদের গ্রাম থেকে একটা গাড়ি যাচ্ছে, ও ফিরবে। ফোন নম্বর দিয়ে বললেন ওর সাথে যোগাযোগ করুন। আমরা যখন লক্ষ্মী হোটেলে খাচ্ছি, সেই গাড়ি এসে হাজির। দুটোয় আমাদের তুলল গাড়িতে, তারপর চলল যাত্রী সংগ্রহের পালা। একঘন্টার চেষ্টায় আরো তিনজন পাওয়া গেল। তারপর আরো একঘন্টা ধরে চলল মাল তোলা, পাঁচ বস্তা সিমেন্ট, ছয় বস্তা চাল, চার ক্রেট ঠাণ্ডা পানীয়। এক ক্রেট ডিম তুলে সামনের যাত্রীর কোলে বসিয়ে দিল। লেগশিপ পর্যন্ত ভালো রাস্তা। আমরা অবশ্য লেগশিপ পৌঁছানোর দু'তিন কিলোমিটার আগেই বাঁদিকে বেঁকে পাহাড়ের উপর উঠতে লাগলাম। শেষ পাঁচ কিলোমিটার ভাঙা পথ, পথের কঙ্কাল। এতখানি রাস্তা পেরিয়ে যখন দাওয়া লেপচার হোমস্টেতে পৌঁছালাম তখন টিপটিপ বৃষ্টি পড়ছে, দিনের আলো মরে এসেছে।

হোমস্টেটি ভাল, আতিথেয়তাও সুন্দর, কিন্তু সব মাটি করে দিল আবহাওয়া। ২১-শে মে বৃষ্টিভেজা সকালে দূরের পাহাড় দৃষ্টিগোচর হল না। দাওয়া-জী বললেন সকাল আটটায় একটা গাড়ী যাবে পেলিং, সারাদিনে আর শেয়ারে গাড়ি পাবেন না। বৃষ্টিবিঘ্নিত দিনে সেই গাড়ি লেগশিপ, গেজিং হয়ে আমাদের পৌঁছে দিল পেলিং দুপুর বারোটায়। পেলিং নিউ সিজন হোটেলটি আপার পেলিং ট্যাক্সি স্ট্যাণ্ডের কাছেই। রুমগুলি প্রশস্ত নয়। অভিযোগ করাতে তার মধ্যেই একটা প্রশস্ততর

কামরা দিল, ওই যে বলে 'কানার মধ্যে ঝাপসা'। শ্রেয়সী ম্যাডামকে অনুযোগ জানালাম। বলল 'এই হোটেলটি সম্বন্ধে আমাদের কোনো ধারনা নেই। রোমিলা দিদির হোমস্টে হঠাৎ বন্ধ হয়ে যাওয়াতে আপনাদের এখানে পাঠাতে হল।' যাইহোক স্নান খাওয়া সেরে রিজার্ভ গাড়ীতে তিন কিলোমিটার দূরে পেমিয়াংসি মনাস্ট্রি দেখে এলাম। বিকেলে হাঁটতে হাঁটতে হেলিপ্যাড গ্রাউণ্ড সংলগ্ন এলাকা ঘুরে এলাম। এই হেলিপ্যাড এখন খুঁড়ে ফেলা হচ্ছে। এখানে রোপওয়ে বসানো হবে – স্কাইওয়াক পর্যন্ত।

২২-শে মে সকাল থেকেই আকাশে সজল মেঘের আনাগোনা। তারই মাঝে সকাল সাড়ে ন'টা নাগাদ কাছেই ট্যাক্সি স্ট্যাণ্ডে গেলাম স্কাইওয়াক যাব বলে। এই স্কাইওয়াক পেলিং-এর নতুন সংযোজন। তেরো বছর আগে যখন এসেছিলাম তখন এটি ছিল না। একটি পাহাড়ের টিলার উপর মনাস্ট্রি অবশ্য ছিল, বৌদ্ধ লামারা ছাড়া আর কেউ যেত না। এখন সেই মনাস্ট্রি সংস্কার করা হয়েছে। পাদদেশে স্কাইওয়াক গড়া হয়েছে। ট্যাক্সি বলল শুধু নামিয়ে দিয়ে আসবে, তিনশ' টাকা নেবে। আমরা দেখলাম প্রস্তাবটি মন্দ নয়। যাতায়াত এবং ওয়েটিং মিলিয়ে এদের রেট এক হাজার টাকা। পাহাড়ের ঢালু পথ বেয়ে পাঁচ কিলোমিটার হেঁটে নামা এমন কিছু পরিশ্রমের ব্যাপার নয়।

বাদ সাধল ট্রাফিক জ্যাম। অর্ধেক পথ গিয়ে দেখলাম অনেক গাড়ি মুখ ঘুরিয়ে উল্টোদিকে ফিরছে। ড্রাইভার বলল ফিরে চলুন, তিন চার ঘন্টা পরে আসবেন। আমরা ঠিক করলাম গাড়ি ছেড়ে দিয়ে হেঁটেই উঠব পাহাড়ে। প্রায় পঁয়তাল্লিশ মিনিটের চেষ্টায়, তিন চার দফা বৃষ্টিতে

ভিজে অবশেষে পৌঁছালাম স্কাইওয়াকে। স্কাইওয়াকে হাঁটা হল কিন্তু চারপাশের কিছুই দেখা গেল না। ঘন্টাখানেক কাটিয়ে পাঁচ কিলোমিটার হেঁটে ফিরলাম হোটেলে। পেলিং থেকে অনেকে কাঞ্চনজঙ্ঘা ফলস, সিংশোর ব্রীজ, খেচিপেরি লেক ইত্যাদি ঘুরে আসে। কিন্তু এই বৃষ্টিবিঘ্নিত দিনে দূরের কাছের কোন সফরই আনন্দ দেবে না। তাছাড়া ওগুলো গতবার দেখা হয়েছিল।

২৩ শে মে সকাল ছ'টায় ঘুম ভাঙতেই জানালার পর্দা সরাতেই দেখা গেল কাঞ্চনজঙ্ঘার বরফঢাকা শৃঙ্গে সূর্যের আলোর ছোঁয়া লেগেছে। বেলা বাড়ার সাথে সাথে রোদ আরো উজ্জ্বল হল, কিন্তু কাঞ্চনজঙ্ঘা ঝাপসা হয়ে এল। আমরা আটটার সময় বেরিয়ে পড়লাম রাবাংলা যাব বলে। শেয়ার গাড়িতে ন'টায় এলাম গেজিং। শুনছিলাম গেজিং থেকে সরাসরি রাবাংলার ট্রেকার পাওয়া যাবে। দেখলাম সে ট্রেকার আছে বারোটায়। অগত্যা ভেঙে ভেঙে যেতে হল তিনগুণ ভাড়া দিয়ে। প্রথমে লেগশিপ, লেগশিপ থেকে রাবাংলা। রৌদ্রকরোজ্জল দিন, বেলা বারোটায় পৌঁছে গেলাম রাবাংলা।

স্কাই ভিউ হোটেলটি একবারে বুদ্ধ পার্কের পাদদেশে। বেশ পরিচ্ছন্ন হোটেল। রুম সংলগ্ন বারান্দা থেকে অনেকদূর অব্দি পাহাড়ের সারি দেখা যায়। পরিচালনা করেন এক বাঙালি দম্পতি। স্নান সেরে একটু বিশ্রাম নিয়ে গেলাম এখানের একমাত্র দর্শনীয় বুদ্ধ পার্কে। রাজ্য সরকারের উদ্যোগে এই পার্কটি গড়া হয়েছে ২০০৫ সালে। ধাপে ধাপে সাজানো বাগান, সর্বোচ্চ স্থানে স্থাপন করা হয়েছে ১৫০ ফুট উঁচু বুদ্ধমূর্তি। রাতে বুদ্ধমূর্তি এবং সংলগ্ন বাগান আলোকিত করা হয়। সমগ্র রাবাংলা এবং আশপাশের এলাকা থেকে মূর্তিটি দেখা যায়।

পরের দিন ২৪শে মে আরো একটি রোদঝলমল দিন পাওয়া গেল। সকালে এখান থেকেও দেখা গেল কাঞ্চনজঙ্ঘার চূড়ায় রোদের খেলা। সকাল সাতটার বাস ধরে সোয়া আটটায় পৌঁছে গেলাম নামচি। সহপাঠী গৌর বলে রেখেছিল সুযোগ পেলে অবশ্যই নামচির চারধাম দেখে আসতে। ট্যাক্সি স্ট্যাণ্ডে গিয়ে লোকাল সাইট-সিয়িং এর ট্যাক্সি নিলাম। প্রথমেই গেলাম চারধাম। এটিও রাজ্য সরকারের উদ্যোগে গড়ে তোলা একটি ট্যুরিস্ট স্পট। একই চত্বরে রামেশ্বরম, দ্বারকা, বদ্রী, জগন্নাথ মন্দিরের রেপ্লিকা বানিয়ে চারধাম ২০০৫ সালে উদ্বোধন করা হয়েছে। এখন প্রচুর দর্শক আসে। সত্যিই এক দর্শনীয় স্থান। সেখান থেকে দু'তিন কিলোমিটার দূরে সাই বাবা মন্দির, বেশ সুন্দর। তৃতীয় যে জায়গায় নিয়ে গেল সেটা একটা মনাস্ট্রি, কোনো এক বৌদ্ধ গুরুর স্মৃতিতে নির্মিত। ভালোই, তবে নামচির সেরা ট্যুরিস্ট স্পট চারধাম। ট্রেকার স্ট্যাণ্ড থেকে ফিরতি ট্রেকার ধরে রাবাংলা ফিরলাম দুপুর দেড়টায়। সন্ধ্যাবেলা আলোকিত বুদ্ধপার্ক আবার দেখে এলাম।

এবার ফেরার পালা। ২৫-শে মে রাবাংলা থেকে সকাল পৌনে ন'টায় ছেড়ে ট্রেকার শিলিগুড়ি পৌঁছে দিল দুপুর দেড়টায়। সিকিম ট্রান্সপোর্টের ক্যান্টিনে ভাত খেয়ে দুপুর আড়াইটাতে পৌঁছলাম নিউ জলপাইগুড়ি রেল স্টেশনে। এখানে একটা বাতানুকুলিত ওয়েটিং রুম চালু হয়েছে। যে কোন শ্রেণীর যাত্রী ঘন্টায় দশ টাকা দিয়ে বিশ্রাম নিতে পারে। আমরা চারঘন্টা সেখানে কাটালাম। রাত আটটায় দার্জিলিং মেল ধরে শিয়ালদা ফিরেছিলাম।

রেশম পথের পথিক

প্রাচীন রেশম বাণিজ্য পথ পশ্চিমবঙ্গের তাম্রলিপ্ত বন্দর থেকে কালিম্পং হয়ে সিকিমের আরিটার, জুলুক, নাথাং উপত্যকা অতিক্রম করে নাথুলা পাস, ছাম্বি উপত্যকা পেরিয়ে তিব্বতের লাসা পর্যন্ত বিস্তৃত ছিল। দু' হাজার বছরের প্রাচীন এই পথে রেশম ছাড়াও জিরে থেকে হীরে সবরকম পণ্যের সার্থবাহ যাতায়াত করত। বহুদেশীয় সাংস্কৃতিক আদানপ্রদান ও বিকাশ হয়েছে এই পথ ধরে। এ পথ বেয়ে বৌদ্ধধর্মের যেমন প্রচার হয়েছে তেমনি প্লেগের মত মহামারীরও প্রসার হয়েছে। ১৯৬২ সালে চীন-ভারত সংঘর্ষের পর এই পথে বাণিজ্য বন্ধ হয়ে যায়। পরবর্তী চল্লিশ বছর এই পথ সম্পূর্ণ মিলিটারি তত্ত্বাবধানে ছিল, বছর কুড়ি আগে ট্যুরিস্টদের জন্য খুলে দেওয়া হয়েছে। সিকিমের জুলুক থেকে নাথাং উপত্যকা হয়ে নাথুলা পর্যন্ত রাস্তা প্রায় ১৪০০০ ফুট উপর দিয়ে গেছে এবং আবহাওয়ার খামখেয়ালিপনার জন্য এটি অতি দুর্গম পথ।

দীর্ঘদিনের ইচ্ছা ছিল এ পথে ভ্রমণ করার। স্থানীয় ট্রাভেল এজেন্ট এক সপ্তাহের একটা ছক করে দিলেন। প্রথম রাত ইচ্ছেগাঁও, দ্বিতীয় রাত আরিটার, তৃতীয় রাত প্যাস্টিং, চতুর্থ রাত জুলুক, পঞ্চম রাত গ্যাংটকে কাটানো হবে। যাওয়া হবে সামার স্পেশাল ট্রেনে, ফেরা কাঞ্চনকন্যাতে। পুরো সফরের জন্য একটা 'বোলেরো' গাড়ী ঠিক করা হল। ৩১ শে মার্চ ২০২৩ সামার স্পেশাল নৈহাটি স্টেশনে

পৌঁছানের কথা বিকেল চারটেয়। সামার স্পেশালের ধর্ম অনুযায়ী সে ট্রেনের সময়সূচী পরিবর্তন হল, ছ'ঘন্টা পরে রাত দশটায় এল নৈহাটিতে। নিউ জলপাইগুড়ি পৌঁছালাম পরদিন বেলা সাড়ে এগারোটায়। তরুণ সারথি 'চেদুপ লেপচা' হাজির ছিল। ইচ্ছেগাঁও তিন-চার ঘন্টার পথ। কিন্তু বিধি বাম। একটা মিলিটারি ট্রাক সংকীর্ণ রাস্তায় তিস্তার গর্ভে পড়ে যায় ঐ সাড়ে এগারোটা নাগাদ। রাস্তা বন্ধ করে উদ্ধারকার্য চলছিল। রাস্তা যখন খুলল তখন সন্ধ্যা নামছে। শেষমেশ ইচ্ছেগাঁও হোমস্টেতে পৌঁছালাম রাত দশটায়, ক্লান্তিতে বিধ্বস্ত হয়ে। হাতমুখ ধুয়ে রাতের খাবার খেয়ে শুয়ে পড়লাম।

দোসরা এপ্রিল রোদঝলমল মনোরম সকাল। সকালের আলোয় দেখলাম অনেক ফুলের সমাহারে সাজানো হোমস্টে থেকে বহুদূর অবধি হিমালয়ের ছোট বড় চূড়া দেখা যাচ্ছে। তবে দৃশ্যমানতা ভালো না থাকার দরুন কাঞ্চনজঙ্ঘা দেখা যাচ্ছিল না। শুনলাম একই পাহাড়ের এপিঠে ইচ্ছেগাঁও, ওপিঠে সিলেরিগাঁও। স্থানীয় বাসিন্দারা পাহাড় টপকেই যাতায়াত করেন, গাড়ীপথে দশ-বারো কিলোমিটার ঘুরে যেতে হয়। স্নান সেরে জলখাবার খেয়ে সাড়ে দশটা নাগাদ বেরিয়ে পড়লাম ৪৫ কিলোমিটার দূরে আরিটারের উদ্দেশে। পথে পড়ে ঋষিখোলা, বাংলা ও সিকিমের সীমান্তবর্তী গ্রাম। আরো কুড়ি কিলোমিটার এগিয়ে পড়ল রেণক। এখানে ২০১৬ সালে তৈরি হয়েছে বিশ্ব বিনায়ক মন্দির। মন্দিরের প্রশস্ত চত্বরে সমুদ্রমন্থনের ভাস্কর্য, সিমেন্ট দিয়ে তৈরি। সেখানে আধঘন্টা কাটিয়ে আরিটার হ্রদে পৌঁছাতে প্রায় দেড়টা বেজে গেল। ৪৬০০ ফুট উচ্চতায় এটি একটি প্রাকৃতিক হ্রদ। জুতার মত আকৃতির এই হ্রদটি লামাপোখরি নামেও পরিচিত। অতীতে খচ্চরের পিঠে পণ্য পরিবহনের সময় এই হ্রদ

বণিকদের ও পশুদের তৃষ্ণা নিবারণ করত। ভ্রমণার্থী আকর্ষণের জন্য এই হ্রদের চারপাশে সিমেন্ট বাঁধানো হয়েছে, নৌকাবিহারের ব্যবস্থাও রয়েছে। একদিকের পাড়ে বেশ কয়টা কটেজও আছে দেখলাম। হ্রদের চারপাশটা এক চক্কর ঘুরে এলাম। জানা গেল আরো ২০০০ ফুট উপরে মাংখিম টপ থেকে বিহঙ্গদৃষ্টিতে এই হ্রদটি সম্পূর্ণ দেখা যায়। সেখানেও গেলাম, বহুদূর ছড়ানো পর্বতমালার প্রেক্ষাপটে হ্রদটি সুন্দর লাগছিল। নেমে এসে মনাস্ট্রির উল্টোদিকে স্টার হলিডে গ্রুপের হোটেলে এলাম। ছিমছাম হোটেল, কামরাগুলি পরিচ্ছন্ন। খাওয়া দাওয়া শেষ হওয়ার পরে বৃষ্টি নামল। তারই ফাঁকে একবার মনাস্ট্রি দর্শন করে এলাম। বৃষ্টি সারারাত চলল কখনো জোরে, কখনো ধীরে। হোটেলের মালকিনের কাছে জানা গেল এ সময়ে এত বৃষ্টি সাধারণত হয় না।

তেসরা এপ্রিল সকালে আকাশ পরিষ্কার, ঝরঝরে রোদের দেখা পেলাম। একবার মনাস্ট্রির পাশের পায়ে চলা পথ ধরে এক বুদ্ধমূর্তির পাদদেশ থেকে আরিটার হ্রদটি আবার দেখে এলাম। স্নান সেরে জলখাবার খেয়ে দশটা নাগাদ বেরিয়ে পড়লাম, লিংটামের দিকে। ১৫ কিলোমিটার দূরে রংলি বাজার। মূল সড়কের দুপাশে সারিবদ্ধ হরেক বিপণী। বেশ জমজমাট বাজার। বেশ কিছু শীতবস্ত্রের দোকানে ভীড় জমিয়েছে বাঙালী ক্রেতারা। আধঘন্টা বিরাম নিয়ে পরবর্তী আধঘন্টার মধ্যে আমরা পৌঁছে গেলাম দশ কিলোমিটার দূরের লিংটাম। এখানের চেকপোস্টে আগামী দিনের যাত্রার জন্য পারমিট করাতে আধার কার্ডের কপি এবং ফটো জমা দিতে হল। জানা গেল তুষারপাতে জুলুকের উপর দিকের রাস্তা বন্ধ, থাম্বি ভিউপয়েন্ট অব্দিও

যাওয়ার অনুমতি পায়নি কোন গাড়ি গত তিন দিনে। আগামীকালও পারমিট পাবার সম্ভাবনা কম।

লিংটাম ছাড়িয়ে দুই কিলোমিটার এগিয়ে মূল সড়ক ছেড়ে বাঁয়ে বেঁকে পাঁচ কিলোমিটার উজিয়ে স্টার হলিডের প্যাস্টিং রিসর্টে পৌঁছেছিলাম সাড়ে বারোটায়। তিনদিক পাহাড়ঘেরা গ্রামটি বেশ সুন্দর। রিসর্টটিও বেশ নির্জন, আমরাই ছিলাম একমাত্র অতিথি। কামরার সামনে চেয়ার পেতে বসলে বহুদুর অব্দি নজর যায়। সারাদিন বসে বসে কাছে দূরের পাহাড়ের গায়ে মেঘ রৌদ্রের খেলা দেখে সময় কেটে যায়। একসময় তড়বড়িয়ে বৃষ্টি নামল, সঙ্গে শিলাবৃষ্টি। সারাদিন আলস্যভরে হিমালয়ের সৌন্দর্য দেখা ছাড়া কিছু করার নেই এখানে। উচ্চতা ৫৫০০ ফুট হওয়ার কারণে এখানে ঠাণ্ডার প্রকোপও বেশী নয়। নির্জনতাসন্ধানী সদ্যবিবাহিত দম্পতিরা এখানে মধুচন্দ্রিমা যাপনের জন্য যোগাযোগ করতে পারেন। দমদম নাগের বাজারে এদের অফিস আছে। বিকেলে আকাশ পরিষ্কার পেয়ে ঘুরে এলাম পাঁচ কিলোমিটার দূরে একটি ছোট নদীর উপর ঝুলাপুলে। পরে রিসর্টের সামনের রাস্তা ধরে পায়ে হেঁটে এলাকাটি একবার টহল দিয়ে এলাম।

চৌঠা এপ্রিল আমাদের নির্ধারিত রাত্রিবাস প্যাস্টিং থেকে ২২ কিলোমিটার দূরে ৯৫০০ ফুট উচ্চতার জুলুকে। আমাদের সারথী চেদুক লেপচা বলল আগে আপনাদের জিগ-জ্যাগ রোড ঘুরিয়ে নিয়ে আসি। থাম্বি ভিউপয়েন্ট অব্দি গাড়ী যাচ্ছে না – যতদূর যাওয়া যাবে নিয়ে যাব। আজ এটা দেখে রাখলে আগামীকাল জলদি গ্যাংটকে পৌঁছাতে পারব। জুলুকের আর্মি বেস ক্যাম্প ‘ক্লাউড ওয়ারিয়ার্স’ ছাড়িয়ে এগিয়ে চললাম। দু, কিলোমিটার পর শুরু হয়ে গেল জিগ-

জ্যাগ রোড। আকাশ তখন গোমড়া, মাঝে মাঝেই মেঘ এসে ঢেকে দিচ্ছিল চারপাশ। ঠাণ্ডা হাওয়া কাঁপন ধরিয়ে দিচ্ছিল। মোটকথায় আবহাওয়া মোটেই স্বস্তিদায়ক ছিল না। সাত-আট কিলোমিটার উঠেছিলাম বোধহয়। একটা জায়গায় দেখলাম সারি সারি গাড়ি দাঁড়িয়ে পড়েছে। ড্রাইভার বলল এখান থেকেই সবাই ফিরে যাবে। আপনারা একটু হাঁটাহাটি করে আসুন। দেখলাম একটা পে লোডার রাস্তা পরিষ্কার করছে। কয়েকটা ইয়াক দুলকি চালে ঘোরাফেরা করছিল। অনেকেই হাঁটাহাটি করছিল, বরফের উপর শুয়ে বসে ছবি নিচ্ছিল। আমরাও কিছুক্ষণ হেঁটে এলাম। একসময় গুঁড়ি গুঁড়ি তুষারপাত শুরু হল। অন্য গাড়িদের সাথে আমাদের গাড়িও ফেরার পথ ধরল।

খুঁজে খুঁজে জুলুকে বিমলা মামার হোমস্টেতে দাখিল হলাম। রুমগুলি প্রশস্ত, কিন্তু টয়লেট ছোট। গীজার যদিও ছিল, মাঝেমধ্যেই পাওয়ার না থাকায় গরম জলের যোগান অপ্রতুল। বৃষ্টিরও বিরাম ছিল না। আবহাওয়ার উন্নতি হলে বিকেলে জুলুক গ্রামটি পায়ে হেঁটে দেখার ইচ্ছে ছিল কিন্তু সেটা আর হয়ে উঠল না। রাত সাড়ে-আটটার মধ্যে খাওয়ার পাট চুকিয়ে ন'টায় শুয়ে পড়লাম।

পরদিন পাঁচই এপ্রিল কিন্তু মেঘমুক্ত ঝকঝকে সকাল পাওয়া গেল। চা খেয়ে রোদ্দুরে ওম নিতে নিতে ড্রাইভার চেদুপ ভাইয়াকে বললাম আজ এমন দিনে আবার ঐ সর্পিল পথে আমাদের নিয়ে যেতে হবে, গতকাল মেঘ-কুয়াশাতে ঠিকমত জমেনি। চেদুপ ভাইয়া রাজি হল। সাড়ে ন'টায় বেরিয়ে পড়লাম। মেঘমুক্ত সকালে পথের বাঁকে বাঁকে কাঞ্চনজঙ্ঘার শুভ্র শিখর দেখতে দেখতে এগিয়ে গেলাম আগের দিনে

যেখান থেকে ফিরে এসেছিলাম ততদূর। সেদিনও কোন গাড়ি তার উপরে যাচ্ছিল না। আগের রাতে জুলুকে বৃষ্টি হয়েছে, ওখানে বরফ পড়েছে। দুটো যন্ত্র রাস্তার বরফ সরাচ্ছিল। গাড়ী থেকে নেমে বরফের উপর বেশ কিছু ছবি নিলাম। যে পথ দিয়ে এসেছি তার ছবি নিলাম, যে পথ যেতে পারিনি তার ছবি নিলাম যতদূর দেখা যায়। এবার ফেরার পালা। যন্ত্র পথের উপর বরফ সরিয়েছে কিন্তু সবটা চেঁছে তুলতে পারেনি। একটা হালকা স্বচ্ছ স্তর লেপ্টে ছিল পথের উপর। তার উপর পা পড়তেই আমার স্ত্রী পিছলে পড়ল। আর উঠতে পারছিল না। মেয়ে এবং আমি ধরাধরি করে টেনে তুললাম। বাঁ কাঁধে চোট পেয়েছিল, যন্ত্রণায় কাতরাতে লাগল। রৌদ্রকরোজ্জ্বল বৃষ্টিস্নাত দিনে একটা ছন্দপতন ঘটে গেল।

সেদিনেই রংলি, পাকইয়ং হয়ে গ্যাংটকে পৌঁছালাম সাড়ে তিনটায়। হোটেলের নিচের ধাপেই গ্যাংটকের শীর্ষ হাসপাতাল STNM, আউটডোরে নিয়ে গেলাম। কর্মরত ডাক্তার এক্সরে করাতে বললেন। হাসপাতালেই নিখরচায় এক্সরে হল। প্লেট দেখে ডাক্তার বললেন হাড় ভাঙেনি, ভিতরে কিছু টিস্যু ছিঁড়ে গেছে। একটা সাধারণ পেইন-কিলার লিখে ছেড়ে দিলেন।

পরদিন সকাল এগারোটায় গ্যাংটক ছেড়ে বিকেল চারটায় শিলিগুড়িতে ফিরে আসি।

কার্তিকস্বামী মন্দির

কার্তিকস্বামী মন্দির থেকে চৌখাম্বা, কেদার ও অন্যান্য শৃঙ্গ

হোটেল দেবকী প্যালেস

হোটেল দেবকী প্যালেস থেকে চাম্বা শহর

টিহরি ড্যাম

মদননেগী রোপওয়ে টিহরি ড্যাম

সুরকুণ্ডা দেবীর মন্দির

তুষারপাতের পর কানাতাল

ল্যান্সডাউন চার্চ

শ্রীনগর (গাড়োয়াল)

উত্তরকাশী

যমুনোত্রী মন্দির

হরশিল হেলিপ্যাড

গঙ্গোত্রী মন্দির

কুম্ভমেলার আগে হরিদ্বারের হর কি পৌড়ি ঘাট

রুদ্রপ্রয়াগ

দেবপ্রয়াগ

কর্ণপ্রয়াগ

নন্দপ্রয়াগ

যোশীমঠ বিড়লা গেস্ট হাউস

বদ্রীনারায়ণ মন্দির

চোপতা উপত্যকা

মদমহেশ্বর প্রবেশ তোরণ, উখীমঠ

গঙ্গার বুকে জারি দেবী মন্দির, রুদ্রপ্রয়াগ

শিবপুরীতে গঙ্গাবক্ষে র‍্যাফটিং

পৌড়িতে গাড়োয়াল মণ্ডল বিকাশ নিগমের অতিথিনিবাস

দেওরিয়াতাল

দেওরিয়াতাল

দেওরিয়াতালের পথে রডোডেনড্রন

তুঙ্গনাথ মন্দির

তুঙ্গনাথ থেকে চৌখাম্বা

কেদারনাথ মন্দির

মদমহেশ্বরের পথে নান্হু গ্রাম

মদমহেশ্বর মন্দির

বুঢ়া মদমহেশ্বর

শাঁকরি গ্রাম

হর কি দুন ক্যাম্পসাইট

ওসলা গ্রাম

বৈজনাথ মন্দিরগুচ্ছ দূর থেকে

বৈজনাথ মন্দির

চৌকরি কুমায়ুন মণ্ডল বিকাশ নিগমের অতিথিনিবাস

নৈনিতাল

নওকুচিয়াতাল

ধরমশালা ক্রিকেট ময়দান

খাজিয়ার

চাম্বা চোগান

ভারমোর

শ্যামলাতাল

মোস্টামানু মন্দির, পিথোরাগড়

মুন্সিয়ারী

পেলিং স্কাইওয়াক

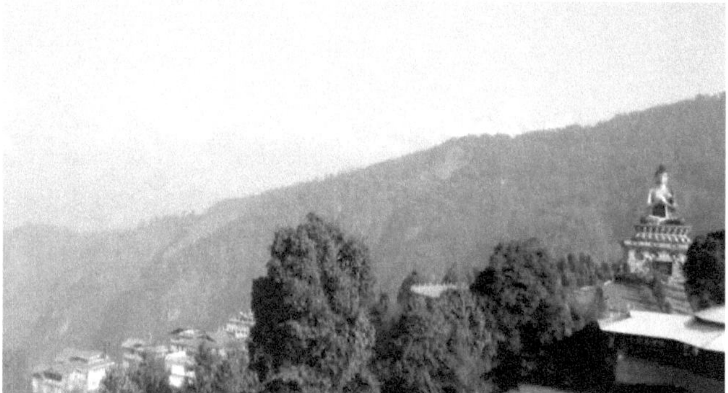

বুদ্ধ পার্ক রাবাংলা

বুদ্ধ মূর্তি রাবাংলা

বুদ্ধ পার্ক রাবাংলা

নামচি চারধাম প্রাঙ্গন

নামচি চারধাম মন্দিরগুচ্ছ

সোমনাথ মন্দিরের ক্ষুদ্র সংস্করণ

বদ্রীনাথ মন্দিরের ক্ষুদ্র সংস্করণ

ইচ্ছেগাঁও

সমুদ্র মন্থন প্যানেল, রেণক

আরিটার হ্রদ, মাংখিম থেকে

আরিটার হ্রদ, মনাস্ট্রি থেকে

জুলুক

জুলুকের সর্পিল পথ

লেখক প্রসঙ্গে

সঞ্জয় কুণ্ডু

সঞ্জয় কুণ্ডুর জন্ম ১৯৫৭, সাবড়াকোণ, বাঁকুড়াতে। স্থানীয় স্কুলে সপ্তম শ্রেণির পর উচ্চ মাধ্যমিক পর্যন্ত বাঁকুড়ার মিশন স্কুলে পড়াশোনা। স্নাতক স্তরের শিক্ষা কল্যাণীতে, বিধানচন্দ্র কৃষি বিশ্ববিদ্যালয়ে। স্নাতকোত্তর পড়াশোনা পন্তনগরে, তদানীন্তন নৈনিতাল জেলায়। কর্মজীবনের প্রারম্ভে হায়দ্রাবাদে আন্তর্জাতিক শস্য গবেষণাকেন্দ্রে বছরখানেক কাটিয়ে চলে আসেন বিধানচন্দ্র কৃষি বিশ্ববিদ্যালয়ে গবেষক হয়ে। গবেষণা অর্ধসমাপ্ত রেখে রুজির দায়ে ১৯৮৩-তে যোগ দেন ব্যাঙ্ক সার্ভিসে। সেবানিবৃত্তি ২০১৭ সালে। ব্যাঙ্ক থেকে অবসরের পর ২০১৭-তেই আবার যোগ দেন গবেষণায়। ২০২২ সালে গবেষণাপত্র (থিসিস) জমা দিয়েছেন। উর্দু শায়েরীর প্রতি আকর্ষণ স্নাতকস্তরেই। কলেজ ম্যাগাজিনের গণ্ডী পেরিয়ে প্রথম অনুবাদ প্রকাশিত হয় লেখকের আঠারো বছর বয়সে বাঁকুড়ার একটি লিটল ম্যাগাজিনে। কলকাতা থেকে প্রকাশিত মাসিক 'অনুবাদ পত্রিকা'য় 'প্রসঙ্গ ইকবাল' ছাপা হয় ১৯৭৭ সালে। অনুবাদ গ্রন্থ 'অধরা শায়েরী' প্রকাশিত হয় ১৯৯৯ সালে প্রো রে নাটা থেকে। বিভিন্ন লিটল ম্যাগাজিনে ছড়িয়ে ছিটিয়ে আছে বেশ কিছু লেখা।

www.ingramcontent.com/pod-product-compliance
Lightning Source LLC
LaVergne TN
LVHW041840070526
838199LV00045BA/1366
* 9 7 8 9 3 6 0 1 6 9 4 7 3 *